L'École des princesses

Dans ses petits souliers

D1498756

L'École des princesses

Dans ses petits souliers

Jane B. Mason ❧ Sarah Hines Stephens

Texte français d'Isabelle Allard

Éditions SCHOLASTIC

Catalogage avant publication de Bibliothèque
et Archives Canada

Mason, Jane B.
Dans ses petits souliers / Jane B. Mason et Sarah
Hines Stephens; texte français d'Isabelle Allard.

(L'École des princesses; 1)
Traduction de : If the Shoe Fits.
Pour les jeunes de 8 à 11 ans.
ISBN 0-439-95868-7

I. Hines-Stephens, Sarah II. Allard, Isabelle
III. Titre. IV. Collection: Mason, Jane B.
École des princesses; 1.

PZ23.M378Da 2005   j813'.54
C2005-900371-5

Édition publiée par les Éditions Scholastic,
175 Hillmount Road, Markham (Ontario) L6C 1Z7.

5 4 3 2 1   Imprimé au Canada   05 06 07 08

Pour David et Anica, avec nos remerciements
pour le traitement royal.

— J.B.M. et S.H.S.

Chapitre Un
Cendrillon

— Aïe! s'exclame Cendrillon Lebrun, dix ans, après avoir marché sur une roche pointue. Soulevant les jupes de sa robe d'occasion, elle sautille sur son pied gauche pendant qu'elle examine le droit. Aucune égratignure sur son pied nu, seulement de la saleté.

« Je devrais pourtant être habituée », se dit-elle d'un air sombre.

En soupirant, Cendrillon poursuit son chemin le long de l'allée avec précaution, en évitant les flaques de boue. Elle aurait tant aimé avoir une bonne paire de chaussures pour sa première journée à l'École des princesses.

Ses vieux souliers, noircis par la suie, sont pleins de trous et sont trop usés pour qu'elle les porte, même avec une vieille robe. Ils sont parfaits pour faire le ménage, mais pas pour aller à l'École des princesses. Dans cette école, une paire de chaussures convenable peut faire toute la différence. Cendrillon le sait très bien.

Elle se mord les lèvres en songeant aux mystérieuses chaussures qu'elle a reçues la veille de son entrevue d'admission – un interrogatoire épuisant que chaque aspirante princesse doit subir avant d'entrer à l'École des princesses. Les chaussures scintillaient dans leur boîte tapissée de velours. Une petite boucle miroitait sur chaque bout arrondi. Elles étaient parfaites... jusqu'à ce que Cendrillon les essaie. En les enfilant, elle a aussitôt constaté qu'elles étaient beaucoup trop grandes.

Bien sûr, elle les a tout de même portées pour l'entrevue. Même si elles étaient en verre, trop grandes et très inconfortables, elles étaient préférables à ses pantoufles sales. Cendrillon se serait présentée à l'entrevue les pieds nus plutôt que d'y aller avec de vieilles pantoufles.

Franchissant une flaque d'un bond, elle pousse un autre soupir. En fait, c'est tout simplement un miracle qu'elle ait été acceptée à l'École des princesses. Et Cendrillon croit savoir à qui elle doit cette chance. Le scintillement révélateur de ses chaussures toutes neuves et le fait que la fée sa marraine vienne toute juste d'accepter un emploi dans les Chambres administratives de l'École des princesses ne peuvent signifier qu'une chose : quelqu'un a fait un peu de « magicadabra ».

Cendrillon sourit. Sa marraine fée, Lurlina, est la seule à prendre soin d'elle. Elle fait parfois de petites erreurs... comme le jour où elle a voulu l'aider à nettoyer la maison et a décidé de bannir toute la poussière et les poils d'animaux. Le pauvre chat a été dépourvu de poils

2

pendant des mois. Mais Lurlina réussit presque toujours à améliorer les choses. Et ce matin, Cendrillon compte là-dessus.

Elle espère bien que Lurlina pourra lui fournir de nouveaux souliers d'un simple coup de sa baguette magique (de la bonne taille, cette fois). Tout ce que Cendrillon doit faire, c'est se rendre à l'École des princesses assez tôt pour trouver sa marraine sans que personne remarque qu'elle est pieds nus. Cela ne devrait pas être trop difficile.

Cendrillon baisse les yeux et regarde ses orteils boueux qui dépassent du bas de sa robe. Si elle fléchit un peu les genoux et marche le dos droit, le bord de sa robe frôlera le sol (ramassant encore plus de poussière), mais, au moins, ses pieds seront complètement cachés.

« Ça pourrait fonctionner », pense Cendrillon avec un petit sourire.

Elle tourne le coin et aperçoit les tours étincelantes de l'École des princesses, qui s'élèvent vers le ciel comme les pointes d'une couronne ornée de pierreries. Sous les aiguilles de pierre, l'énorme portail grouille de carrosses dorés, de chevaux, de cochers, de serviteurs et de dizaines de princesses novices.

Cendrillon a soudain les genoux chancelants.

Pour la première fois de sa vie, elle préférerait être dans la cuisine, en train de peler des pommes de terre ou de balayer les cendres dans la cheminée. Au moins, elle serait en terrain connu. C'est terrible à admettre, mais elle se sent plus à l'aise devant l'âtre que dans une école remplie de filles vêtues de jolies robes.

« Oh, comment vais-je faire pour m'intégrer? » se demande Cendrillon. Elle est soudain envahie par le doute. Elle est loin d'être convaincue de pouvoir réussir. Elle observe la scène extraordinaire qui se déroule sous ses yeux et n'a qu'une envie : tourner les talons et s'enfuir.

Soudain, elle est tirée de ses pensées par un martèlement de sabots et un bruit de roues. Elle s'écarte juste à temps pour laisser passer un carrosse qui arrive à toute vitesse. En se pressant contre les buissons qui longent la route, elle parvient tout juste à l'éviter.

Le carrosse passe en coup de vent, dans une masse confuse de bleu et d'or. L'une des grandes roues à rayons plonge dans une ornière, éclaboussant sa robe de boue.

Le cœur battant et les poings serrés de colère, Cendrillon observe le carrosse qui s'éloigne. C'est celui de son père! Les gloussements stridents et les horribles ricanements qui s'échappent des fenêtres lui sont familiers. Ce sont ses demi-sœurs, Javotte et Anastasie!

Mais qu'est-ce que ces deux menteuses font dans le carrosse de son père? Cendrillon est furieuse. Ce matin, après leur avoir servi le déjeuner, Cendrillon les a bien entendues dire à leur mère qu'elles allaient se rendre à l'École des princesses dans le carrosse du prince Arbon.

— Dans ce cas, ce serait du gaspillage d'envoyer un carrosse pour une seule personne, avait dit leur mère, Kastrid, en jetant un petit sourire à Cendrillon.

Cette dernière se hâtait de débarrasser la table avant

de monter repasser la robe de Javotte et les rubans d'Anastasie.

— Tu n'auras qu'à marcher, Cendrillon, avait ajouté sa belle-mère.

Cendrillon sait qu'Agatha et Anastasie ont menti délibérément. Elle essuie ses jupes d'un geste rageur. Ses demi-sœurs n'arrivent pas à accepter le fait qu'elle va fréquenter leur école. Elles ne veulent surtout pas qu'elles arrivent toutes ensemble! Elles croient que Cendrillon ne réussira pas à l'École des princesses.

Cendrillon espérait que le fait d'aller à cette école améliorerait le climat à la maison. Elle croyait que ses demi-sœurs arrêteraient de lui donner des ordres et de l'insulter. Que sa belle-mère arrêterait de la traiter comme une servante. Que son père tiendrait tête à sa nouvelle femme. Mais à en juger par cette première journée, rien n'a changé, et rien ne changera jamais.

— Il n'est pas question que je passe le reste de ma vie dans la cuisine de ma belle-mère, dit Cendrillon à voix haute, en essuyant une dernière fois ses jupes.

Elle va montrer à ses demi-sœurs qu'elle vaut autant qu'elles, même avec une robe maculée de boue et les pieds nus.

Les genoux fléchis et tremblotants, elle se dirige vers le pont-levis qui mène au portail de l'école. Plusieurs cygnes blancs au long cou gracieux glissent sur l'eau des douves.

« Ils ont l'air plus royaux que moi », pense Cendrillon, avant de relever la tête. Si elle veut passer inaperçue, il ne faut surtout pas qu'elle détonne.

Heureusement, la plupart des autres élèves sont trop énervées pour remarquer la petite nouvelle pauvrement vêtue. Pour sa part, Cendrillon ne peut s'empêcher de les dévisager. Elles sont ravissantes, avec leurs cheveux tressés et torsadés, leurs robes de soie, de velours et de brocart multicolores qui chatoient au soleil. Rassemblées en petits groupes, les filles bavardent avec animation, en faisant des gestes gracieux et princiers de leurs doigts délicats.

Lorsque Cendrillon tourne les yeux vers l'entrée de l'école, son cœur cesse soudain de battre. Les marches de marbre blanc sont si polies que le soleil s'y reflète. Les portes de bois sont aussi richement sculptées qu'un cadre doré. Lorsqu'une princesse ou une professeure s'en approche, les lourdes portes s'ouvrent avec un bruit feutré. On dirait que le château lui-même pousse un soupir.

De chaque côté des portes, des trompettistes portent leurs instruments dorés à leurs lèvres. Puis, dans un bruit de fanfare, ils annoncent le début de la première journée d'école.

Cendrillon observe le château qui lui tiendra lieu d'école. Elle est remplie d'admiration... et d'effroi. Ses demi-sœurs avaient bien raison : elle ne réussira jamais à l'École des princesses.

« Arrête de penser ainsi, se dit-elle. Aie confiance. Tu peux y arriver! »

En recroquevillant les orteils, elle avance d'un pas

rapide vers les marches. Il faut qu'elle trouve Lurlina avant le début des classes. Mais à chaque pas, elle aperçoit d'autres princesses novices si parfaites que le courage lui manque. Elles sont si joliment vêtues et sont plus belles les unes que les autres.

« Et moi, je suis en haillons et je n'ai même pas de souliers! se dit Cendrillon. Il faut que Lurlina m'aide! »

Au pied des marches, elle s'arrête net en apercevant la plus jolie fille de toutes. Ses cheveux sont de la couleur du blé au soleil. Ses joues sont comme des pétales de rose. Quant à ses yeux, ils sont plus bleus que le plus limpide des lacs.

— Sois prudente, ma chérie, dit la mère de la jeune fille pendant que son père se tord les mains à leurs côtés.

— S'il te plaît, porte donc ces gants, supplie-t-il en lui tendant une paire de gantelets de métal conçus pour un chevalier.

La belle jeune fille sourit gentiment à ses parents tout en refusant les gants. De petites fées s'affairent autour d'elle, ajustant son col, tortillant une boucle impeccable, lissant ses sourcils délicats, drapant ses jupes le long des marches, gazouillant des conseils à son oreille.

Cendrillon éclate presque de rire en voyant les petites fées affairées. Il n'y a vraiment rien qu'elles puissent faire pour rendre cette fille encore plus ravissante.

Oubliant ses propres malheurs, Cendrillon soulève ses jupes et monte les marches vers l'entrée de l'école. Elle retient son souffle en apercevant son pied pâle et nu qui luit comme la lune sur la marche de pierre. Elle laisse vivement retomber ses jupes et jette un coup d'œil tout autour d'elle pour voir si quelqu'un l'a remarqué. Heureusement, personne ne la regarde, à l'exception de la jolie fille entourée des fées.

Cendrillon plonge son regard dans les yeux bleus de l'inconnue et attend. Elle attend qu'elle lui dise quelque chose de méchant. Qu'elle se moque en la montrant du doigt. Elle attend de se faire ridiculiser. De se faire démasquer comme un imposteur. De se faire expulser de l'école! Mais tout ce qu'elle lit dans les yeux de la jeune fille, c'est de la curiosité.

— Qu'est-ce qu'il y a, Rose? demande la mère de la jeune fille d'un ton anxieux.

— As-tu peur? ajoute son père en scrutant les alentours. Veux-tu que j'y aille avec toi? Je peux appeler les gardes, si tu veux.

— Ce n'est rien, père, dit Rose en souriant. Tout va bien. Je vais entrer dans l'école maintenant. Toute seule.

Cendrillon, ébahie et reconnaissante, voit la jeune fille monter les marches d'un pas confiant, sans lui jeter un autre regard. Tous les yeux semblent tournés vers Rose. Cendrillon regarde autour d'elle pour s'assurer que personne d'autre ne l'a remarquée. Elle peut encore se faufiler à l'intérieur sans attirer l'attention.

Sauf que... Appuyée contre un mât, une jeune fille l'observe avec un drôle de sourire. Une gigantesque torsade de cheveux acajou est empilée sur sa tête. Elle porte une robe bleu marine bizarre, plus courte et moins ajustée que celle de Cendrillon. Mais avant que cette dernière puisse déchiffrer son expression, la fille fait demi-tour et, d'un geste fort peu royal, fait signe à un prince de l'autre côté de la roseraie.

Le prince agite la main en souriant avant d'entrer dans un énorme manoir. Cendrillon plisse les yeux pour lire l'inscription au-dessus de la porte : *ÉCOLE DE CHARME POUR GARÇONS*.

Le cœur de Cendrillon se serre. L'École de charme! Tous les princes du royaume y vont. Et les princes la rendent encore plus nerveuse que les princesses. Elle soupire. Pourquoi est-elle toujours si nerveuse?

Le cœur battant, les pieds dissimulés et les genoux fléchis, Cendrillon gravit les dernières marches et franchit les portes de sa nouvelle école.

Elle sent le souffle lui manquer. L'intérieur de l'École des princesses est aussi impressionnant que l'extérieur. Le sol est orné d'un motif carrelé de pierres roses et blanches polies. Les hautes fenêtres étroites aux carreaux en losange vont du sol au plafond argenté, où elles se terminent en ogives délicates. Les colonnes d'albâtre soutenant les multiples voûtes sont sculptées de roses et de lierre.

Des voix excitées résonnent sous les hautes voûtes. Des professeures attendent dans le foyer pour diriger les nouvelles élèves. Pendant un instant, Cendrillon est paralysée. Les princesses novices se pressent autour d'elle. Dans quelle direction se trouve le bureau de sa marraine?

Une femme vêtue d'une robe de velours rouge

s'approche de la jeune fille.

— Quel est votre nom? demande-t-elle en scrutant, d'un air méfiant, la robe maculée de boue.

— Cendrillon Lebrun, répond Cendrillon, la mort dans l'âme.

Du coin des yeux, elle peut voir la fille qui a fait signe au jeune prince. On dirait qu'elle regarde Cendrillon avec un regain d'intérêt. Une sonnerie de trompette retentit alors, interrompant les pensées de Cendrillon et détournant l'attention de l'autre fille.

Il ne reste plus assez de temps pour trouver sa marraine. Cendrillon devra commencer l'école les pieds nus et la robe sale.

Chapitre Deux
Raiponce

Raiponce suit la fille aux pieds nus et à la robe sale dans la salle de classe, puis s'assoit sur une chaise à haut dossier et au siège recouvert de velours. La salle est grande et répercute l'écho, comme la plupart des pièces de château. Un feu brûle dans l'âtre de la grande cheminée pour dissiper la fraîcheur du matin. Les murs sont tendus de tapisseries représentant des rois et des reines occupés à faire ce que font les rois et les reines. Mais Raiponce ne regarde pas vraiment la décoration. Elle observe plutôt les autres filles. Elle est de mauvaise humeur.

Bon, c'est vrai qu'elle a été enfermée dans une tour pendant des années et des années (et des années), mais elle n'a jamais vu un tel groupe de pimbêches de toute sa vie! À l'exception de la fille à la robe maculée de boue, la pièce est remplie de princesses maniérées.

Tout comme Raiponce, les filles de cette classe sont à l'École des princesses pour la première fois. Elles sont en première année et sont appelées les Chemises. Les filles de deuxième année sont les Jarretières, celles de troisième année, les Crinolines, et celles de quatrième et dernière année, les Couronnes.

Raiponce s'affale sur sa chaise. Les Chemises sont plutôt agitées. La plupart n'ont même pas encore pris de siège. Elles se présentent l'une à l'autre avec de petits signes de tête et des révérences, et échangent civilités et compliments, pendant que Raiponce est assise et mâchouille l'extrémité de sa tresse. Si c'est cela, l'École des princesses, Raiponce n'est pas certaine qu'elle pourra le supporter.

Les yeux plissés, elle tourne son regard vers l'une des plus jolies filles de la classe. Vêtue d'une robe superbe du même bleu que ses yeux, Rose a des cheveux blonds brillants et un sourire chaleureux. Elle est entourée d'autres princesses. Elles lui ont déjà trouvé un surnom : Belle. Beurk!

— Je parie qu'elle est très prétentieuse, marmonne Raiponce en se tournant vers une tapisserie montrant un roi à la mine rébarbative. Et je suis sûre qu'elle ne réussirait même pas à s'évader d'une maison en pain d'épices!

Raiponce n'éprouve aucun respect pour les gens qui ne sont pas capables de se débrouiller seuls. Après tout, c'est ce qu'elle fait depuis qu'elle est toute petite, depuis que Mme Gothel l'a enlevée à ses parents, avant de l'enfermer dans une tour de dix mètres de haut.

— Personne n'arrivera à me garder prisonnière, grommelle Raiponce.

Elle doit toutefois admettre qu'elle a eu de l'aide pour s'évader, du moins la première fois. Elle n'avait que sept ans lorsque Stéphane est apparu au pied de la tour.

Le visage de Raiponce s'éclaire lorsqu'elle pense à son ami. Il est peut-être un prince, mais, pour elle, il sera toujours son ami Stéphane. Il avait huit ans quand il est tombé par hasard sur la tour de Raiponce dans les bois. Il ne cherchait pas vraiment à la sauver. Il voulait seulement jouer avec quelqu'un.

— Viens! avait-il crié.

— Mais comment? avait répondu Raiponce.

— Descends le long du mur!

D'abord, Raiponce avait cru qu'il blaguait. La tour était dix fois plus haute qu'elle!

— Je parie que tu n'en es pas capable! avait lancé Stéphane.

Cela avait suffi à la convaincre. Le jeune prince lui avait montré comment s'y prendre, en désignant les endroits où elle devait mettre ses mains et ses pieds.

— Je serais bien monté, avait-il dit lorsqu'elle avait enfin touché le sol, mais les hauteurs me donnent la nausée.

Raiponce sourit en se remémorant l'incroyable sentiment de liberté qui l'avait envahie la première fois qu'elle s'était échappée de la tour. C'était si horrible d'être enfermée! Soudain, Raiponce aperçoit une fille aux cheveux bruns soyeux et à la robe rose qui fait une révérence dans sa direction. Aussitôt, les souvenirs s'évanouissent et son air maussade réapparaît.

Raiponce aimerait être avec Stéphane en ce moment. Il n'est pas très loin, juste de l'autre côté de la roseraie. Raiponce est certaine qu'il est beaucoup plus amusant d'être en deuxième année à l'École de charme que d'être en première année à l'École des princesses. Mais elle sait qu'elle a plus de chances de se transformer en grenouille que d'être admise à une école de garçons.

« J'aurais peut-être dû essayer l'école Grimm », pense Raiponce pendant que les autres élèves s'assoient dans un bruissement de jupes. Fixant d'un regard furieux le dos bien droit de la princesse assise devant elle, Raiponce se dit que cela n'aurait pas été mieux. L'école Grimm est plus près de la tour que l'École des princesses, mais les élèves qui la fréquentent lui donnent la chair de poule! Ce sont de vraies sorcières! Non seulement elles apprennent à voler sur des manches à balai (en fait, cela a l'air plutôt amusant), mais elles font aussi de la magie. Elles concoctent des potions et jettent des sorts sur tout, les arbres, les animaux et même les gens. On raconte qu'il y a quelques années, une élève de Grimm a même transformé une princesse en lézard! Et les professeures sont encore pires : elles sont carrément malfaisantes. Raiponce frissonne. Elle a eu son compte de méchantes sorcières avec Mme Gothel.

Mme Garabaldi, qui est en charge des Chemises, s'avance d'un air important dans la pièce et écarte les bras pour que les pages lui retirent sa robe de cérémonie. Ses cheveux striés de gris sont tirés en chignon sévère et ses yeux noisette toisent les élèves par-dessus ses lunettes en demi-lune. Mme Garabaldi s'éclaircit la voix pendant qu'un scribe distribue en toute hâte des rouleaux de parchemin aux élèves. Puis une dernière sonnerie de trompette annonce le début des classes.

Raiponce consulte rapidement la liste de cours sur le parchemin liséré d'argent :

L'art de l'autodéfense
Pas mal.
Identification des grenouilles
Ça va.
Histoire : Les princesses d'hier et d'aujourd'hui
Passe encore.
Couture, travaux d'aiguille, filage et broderie
Ah non! Ils ne sont pas sérieux!
Glace et reflets : Conseils de coiffure et de beauté

Raiponce pousse un gémissement en lisant le nom du dernier cours. Laissant tomber le parchemin sur son bureau, elle observe la réaction de ses camarades. Les autres Chemises regardent poliment Mme Garabaldi, qui arpente la pièce en lisant la liste des règlements que les élèves doivent respecter.

— Vous devez porter une tenue convenable en tout temps, déclare-t-elle.

Elle lève les yeux de son énorme parchemin et toise la fille aux pieds nus que Raiponce a remarquée sur le pont-levis. La jeune fille rougit. Apparemment, on ne peut rien cacher à Mme Garabaldi.

— Vous devez toujours être polies, toujours avoir une

15

attitude royale, poursuit Mme Garabaldi. Enfin, vous devez faire vos devoirs avec application et être ponctuelles, termine-t-elle en déposant le parchemin. Vous constaterez que les punitions imposées à l'École des princesses sont loin d'être aussi pénibles que la réalité qui vous attend à votre sortie de l'école.

Mme Garabaldi fait une pause et expire par le nez. Elle ressemble un peu à un dragon.

— Ou peut-être aimeriez-vous passer le reste de vos jours transformées en citrouilles?

Mme Garabaldi promène son regard dans la pièce en souriant de sa blague. Mais son sourire n'est ni chaleureux ni bienveillant.

Raiponce recommence à mâchonner le bout de sa tresse. Pourquoi est-elle si nerveuse?

Soudain, la lourde porte de la classe s'ouvre avec un bruit feutré et la princesse la plus pâle que Raiponce ait jamais vue entre en trébuchant dans la pièce.

— Veuillez nous excuser pour cette interruption, madame Garabaldi, dit un page en contournant la jeune princesse aux cheveux noirs et en s'inclinant à plusieurs reprises. Puis-je vous présenter Blanche Neige?

Il désigne la jeune fille d'une main tremblante, puis sort précipitamment en décrivant des arabesques avec son chapeau pointu.

Blanche Neige se tient seule à l'avant de la classe, vêtue d'une robe démodée, courte et à col montant. Tous les yeux sont tournés vers elle.

Mme Garabaldi est si furieuse qu'elle ne peut même

pas parler. Ses lèvres frémissent et on dirait qu'elle a envie de transformer Blanche Neige en citrouille. Tout le monde attend qu'elle dise quelque chose.

Mais Blanche prend la parole la première. Ses lèvres couleur de framboise esquissent un drôle de sourire.

— Hé, ho! Salut, tout le monde! gazouille-t-elle en faisant signe aux filles qui la dévisagent.

Raiponce laisse tomber sa tresse de sa bouche.

« Les choses pourraient être bien pires, se dit-elle. Je pourrais être *elle*! »

Chapitre Trois
Blanche Neige

Blanche sourit à ses nouvelles camarades. En dépit de la présence de cette femme renfrognée à ses côtés, son cœur est rempli d'allégresse. Elle est à l'École des princesses! Elle est certaine que toutes ces filles vont devenir ses amies.

— Comme c'est votre première journée à l'École des princesses, nous allons excuser votre retard, déclare Mme Garabaldi d'une voix soigneusement contrôlée, comme si elle parlait à travers ses dents serrées. Mais si cela se reproduit, vous aurez une double retenue dans la tour. Rappelez-vous, mesdemoiselles, que le manque de ponctualité a causé la perte de bien des princesses.

La professeure regarde les élèves d'un air entendu, avant de se tourner de nouveau vers Blanche.

— Veuillez vous asseoir, dit-elle d'une voix basse. Immédiatement.

Blanche frissonne. L'expression de la professeure lui rappelle la façon dont sa belle-mère (la personne la plus horrible qu'elle ait jamais connue) avait l'habitude de la

18

regarder lorsqu'elles étaient à table. Blanche sourit de nouveau.

« Ça, c'est une chose dont je ne m'ennuie pas! » pense-t-elle.

Après tout, sa nouvelle professeure ne peut pas être pire que sa belle-mère. Blanche fredonne un petit air en se dirigeant vers sa chaise. C'est une nouvelle mélodie que les oiseaux lui ont apprise ce matin. Lorsqu'elle se retourne pour s'asseoir, son regard croise celui de Mme Garabaldi et la chanson s'évanouit dans sa gorge.

Blanche a perdu l'habitude des regards méprisants. Depuis qu'elle est partie vivre avec sa famille d'accueil, les sept nains, elle n'a jamais été la cible d'un seul regard furieux. Jusqu'à aujourd'hui.

« Demain, je me lèverai plus tôt », se dit-elle.

Blanche ne voulait pas être en retard, mais il fallait qu'elle prépare sept repas pour les nains qui partaient au travail. Elle était ensuite passée voir la mère moineau, dont elle soigne l'aile blessée. L'aile est presque guérie maintenant. Blanche balance les jambes sous son pupitre, en pensant à sa maison bien-aimée dans la forêt.

Derrière elle, les autres Chemises chuchotent :

— Elle n'a pas l'air d'une princesse! Comment a-t-elle pu entrer?

— Où a-t-elle trouvé cette robe? Regardez ce col!

— J'ai entendu dire qu'elle avait été élevée par des gnomes…

Les pieds de Blanche cessent leur mouvement de balancier. Non, elle ne va pas perdre sa bonne humeur pour de simples cancans. Elle a fait trop de chemin pour arriver jusqu'ici. N'a-t-elle pas réussi à passer devant l'école Grimm *toute seule*? Elle attend ce moment depuis des mois.

La vie qu'elle mène avec les sept nains est agréable. Merveilleuse, même. Ils travaillent tous ensemble pour garder leur maisonnette propre. Blanche se charge de la plupart des repas; les nains lui proposent souvent de faire la cuisine, mais ils préfèrent ses bonnes soupes et ses délicieuses tartes à leur gruau grisâtre et à leurs goulaschs. Pendant qu'elle cuisine, les nains jouent de la musique pour la divertir. Et ils sont pleins d'attentions pour elle : chaque jour, ils lui apportent des fleurs, des nids abandonnés. La seule chose qu'elle déplore, c'est que les nains travaillent beaucoup. Elle s'ennuie en leur absence, malgré la compagnie de ses amis, les animaux de la forêt.

Blanche sourit à quelques filles assises près d'elle.

« Elles vont m'aimer lorsqu'elles me connaîtront. »

Certaines de ses compagnes se détournent, mais une ou deux lui rendent son sourire, dont la fille à l'expression amicale et à la robe sale. Blanche se sent déjà mieux. Rien ne peut la déprimer bien longtemps.

À l'avant de la classe, Mme Garabaldi fait quelques annonces. Elle a l'air beaucoup moins sévère.

— Par décret, le bal du couronnement aura lieu à la fin de la deuxième semaine d'école. Au cours de la soirée, l'élève la plus élégante et la plus gracieuse sera couronnée Princesse du bal!

Mme Garabaldi a un air radieux. Elle fixe le vide en oscillant au rythme d'une mélodie imaginaire.

L'ambiance de la classe se transforme radicalement. Toutes les élèves s'imaginent au bal du couronnement. Des murmures d'excitation s'élèvent. Plusieurs Chemises, comme Blanche Neige, sont nées princesses, mais la plupart ne sont que des prétendantes à ce titre. Elles n'ont jamais porté de couronne. C'est là une chance inespérée pour elles.

— Devenir Princesse du bal est un grand honneur, poursuit Mme Garabaldi en souriant et en oscillant toujours. Ce titre ne s'obtient pas par la naissance ou le mariage. C'est un honneur conféré par vos pairs. Chaque élève de l'école devra voter, et celle qui suscite le plus d'admiration sera couronnée.

Quelques-unes des princesses jettent un regard à leur jolie camarade aux cheveux couleur de blé et aux remarquables yeux bleus.

— Je dois vous dire, reprend Mme Garabaldi d'un air dédaigneux, qu'aucune Chemise n'a reçu un tel honneur depuis une cinquantaine d'années. Si j'étais vous, je ne miserais pas trop là-dessus.

L'excitation s'évanouit aussi vite qu'elle est apparue et la classe redevient silencieuse. Blanche ne s'en aperçoit même pas. Elle tape des mains avec enthousiasme :

— Juste ciel! Mon premier bal!

Chapitre Quatre
Une chaussure dépareillée

Cendrillon se faufile hors de la pièce dès que la classe est terminée. Il lui est facile de passer inaperçue : toute l'école discute du bal qui s'en vient. Cendrillon suit le labyrinthe de couloirs rose et blanc, dépasse les malles dorées, tapissées de velours, où les élèves rangent leurs livres et leurs fournitures, et se dirige vers les escaliers en colimaçon sculptés de fleurs, qui mènent aux autres ailes du château. Au passage, elle entend des jeunes filles discuter de ce qu'elles porteront au bal.

— Crois-tu que les rubis iraient bien avec de la soie? demande une Jarretière qui déambule bras dessus, bras dessous avec une amie.

— Oh, Arabelle, il *faut* que tu portes ton diadème! s'exclame une autre fille. Avez-vous vu son diadème? demande-t-elle à ses compagnes. Il est d'une splendeur royale!

Toutes les filles parlent de rubans, de robes et de bijoux. Cendrillon aimerait s'arrêter et parler à quelques-unes d'entre elles. Mais que leur dirait-elle? Elle ne possède aucun joli ruban, et encore moins une robe convenable pour le bal.

« Au moins, je vais enfin avoir des souliers », se dit Cendrillon pour se consoler.

Peut-être que Lurlina pourra aussi lui procurer une robe. La jeune fille s'arrête devant une lourde porte de bois. Un panonceau ouvragé porte ces mots : *École des princesses – Chambres administratives royales.* Cendrillon pousse lentement la porte.

— Je cherche Lurlina Branlebas, s'il vous plaît, dit-elle à la femme derrière le bureau doré en lui faisant une révérence.

— Oh, vous devez être Cendrillon, dit gentiment la femme. Lurlina a laissé quelque chose pour vous.

Elle se met à fouiller dans un énorme sac de velours rempli de rouleaux de parchemin.

— Vous voulez dire qu'elle n'est pas là? demande Cendrillon, la gorge serrée.

— Non, désolée, répond la femme d'une voix étouffée, la tête enfouie dans le sac. Ah voilà! dit-elle en émergeant, les cheveux défaits et un petit parchemin à la main. Elle doit tout vous expliquer dans sa note.

Cendrillon s'apprête à saisir le document quand un petit page qu'elle n'avait pas remarqué s'approche d'un bond et s'en empare. Il donne un coup de coude au trompettiste à côté de la porte, qui lance aussitôt quelques notes aigrelettes. Le page s'éclaircit la voix avant de commencer à lire.

Après un instant de panique, Cendrillon retrouve son calme et tend la main :

— Si vous n'y voyez pas d'inconvénient, je préfère le lire moi-même.

Le page lui remet le parchemin d'un air penaud.

— Bien entendu, Votre Presque Altesse, répond-il en s'inclinant. Pardonnez-moi. L'été a été long, et j'avais hâte de lire un décret.

Se retournant, il va s'asseoir dans un coin, puis incline son chapeau sur ses yeux.

Cendrillon commence à lire :

Bonjour ma chérie,

J'ai oublié de te dire que je dois assister à un congrès de fées au Boudumonde. Je serai de retour dans trois semaines. Je suis désolée de manquer le bal du couronnement. Amuse-toi bien dans ta nouvelle école. Je savais que tu serais acceptée!

Tendrement,

Lurlina

P.-S. J'espère que tu aimes tes chaussures.

Cendrillon a le cœur gros. Trois semaines! Elle ne peut pas se promener pieds nus tout ce temps! Que va-t-elle faire? En fléchissant les genoux pour que sa jupe frôle le sol, Cendrillon se tourne lentement vers la porte.

— J'ai autre chose pour vous, dit la femme en lui

tendant une boîte. Je crois que vous l'avez oubliée lors de votre entrevue.

À l'intérieur se trouve une chaussure de verre, ravissante, mais trop grande.

— Merci, dit Cendrillon avec un faible sourire, en se rappelant l'horrible épreuve de l'entrevue.

Elle avait dû prendre place sur une chaise trop haute devant la doyenne des admissions, Mlle Guindé. Elle avait eu du mal à répondre aux questions, car elle ne pensait qu'à ses chaussures. Elle craignait qu'elles ne glissent de ses pieds et se brisent sur le sol.

À la fin de l'entrevue, Cendrillon avait eu si hâte de partir qu'elle avait perdu l'une de ses chaussures. Embarrassée, elle était sortie sans oser la ramasser. Mais après s'être armée de courage, elle était revenue dans le bureau, où elle avait surpris la doyenne en train d'examiner la chaussure d'un air... admiratif.

Cendrillon n'avait pas osé la lui réclamer. Les joues rouges, elle avait ôté son autre chaussure et couru jusqu'à la maison, où elle s'était fait gronder par sa belle-mère à cause de son retard. Et bien sûr, Javotte et Anastasie l'avaient tournée en ridicule. Seul son père lui avait dit que tout allait bien se passer. Mais il le lui avait murmuré dans le creux de l'oreille, de peur que sa femme l'entende. Ce n'était pas vraiment rassurant.

Cendrillon contemple la chaussure dans sa main. Après son entrevue, elle avait cru que ces chaussures singulières allaient l'empêcher d'entrer à l'École des princesses. À présent, elle se demande si ce n'est pas grâce à elles qu'elle a été admise.

Elle pousse un soupir. Récupérer la chaussure n'a pas servi à grand-chose, puisque Lurlina n'est pas là pour en corriger la taille. Cendrillon essaie de ne pas penser aux trois semaines où elle devra survivre sans sa marraine fée. Ni à ce qu'elle portera au bal.

— Baisse la tête, cache tes pieds, marmonne-t-elle en se hâtant vers son prochain cours.

À l'exception d'un groupe de filles au bout du couloir, les lieux sont déserts et les malles refermées.

Cendrillon ne veut pas être en retard et attirer l'attention. Mais en s'approchant du groupe d'élèves, elle ralentit en entendant un rire familier. *Honk, hin, hin, hin, honk!* Il n'y a qu'Anastasie pour grogner ainsi en riant. Et le gloussement nasillard de Javotte s'élève aussi dans le couloir.

Ses deux demi-sœurs sont au centre d'un groupe de Chemises que Cendrillon reconnaît. Elles étaient avec elle dans la classe de Mme Garabaldi. La jeune fille se dissimule dans l'embrasure d'une porte. Elle n'est pas prête à affronter ses demi-sœurs. Pas en l'absence de Lurlina. Et surtout pas quand elles rient. Car une seule chose amuse Javotte et Anastasie : la cruauté.

Cendrillon jette un coup d'œil discret pour voir ce qu'elles font.

— C'est comme ça chaque année, déclare Javotte aux Chemises ébahies. Il arrive quelquefois qu'un loup dévore les princesses vivantes. Il faut alors découper son ventre. Et parfois, il se contente de mâchonner leurs membres et de recracher les os!

Anastasie hoche la tête d'un air sombre.

— Oh, non! s'écrie l'une des Chemises.

— C'est affreux! renchérit une autre.

Les Chemises se blottissent l'une contre l'autre. Certaines jettent un regard inquiet par-dessus leur épaule. Seule Raiponce, la fille à l'énorme chignon torsadé, se tient à l'écart, les bras croisés. Elle n'a pas l'air effrayée, mais elle est très attentive.

— Ils sortent des bois et nagent dans les douves, poursuit Anastasie en faisant des mouvements de nage avec ses bras. Ils peuvent sentir le sang des Chemises à des kilomètres de distance.

— Je n'ai jamais entendu parler d'un loup qui mange les jeunes filles! proteste Blanche Neige d'une voix enjouée.

— Ces loups sont ensorcelés, dit Javotte d'un ton sec. Ils sont envoyés par l'école Grimm.

Blanche cesse de protester.

— Mais vous n'êtes pas obligées de nous croire, chantonne Anastasie. Vous le verrez bientôt vous-mêmes!

Javotte et Anastasie se fraient un chemin parmi les élèves et s'éloignent d'un pas nonchalant. Soudain, Javotte se retourne et gronde en montrant les dents, comme un loup enragé.

Les Chemises, ébranlées, hurlent de terreur et reculent d'un bond. Toutes, sauf Raiponce, qui se met à suivre les deux filles dans le couloir avec un air méfiant.

Cendrillon est frappée de stupeur. Elle ne croit pas

aux histoires de ses demi-sœurs. Cela leur ressemble bien de vouloir faire peur aux nouvelles. Ce qui la surprend, c'est de constater qu'elles sont cruelles avec... avec tout le monde! Cendrillon avait toujours cru que leurs horribles traitements lui étaient réservés.

Elle est furieuse à l'idée que ses demi-sœurs terrorisent toute sa classe. Plus que jamais, elle voudrait pouvoir leur tenir tête.

Elle a soudain une horrible pensée : et si les autres élèves découvraient que Javotte et Anastasie sont ses demi-sœurs? Elles croiraient qu'elle est méchante, elle aussi.

Il faut qu'elle montre aux Chemises qu'elle est de leur côté. Et pour y arriver, elle doit cesser de passer inaperçue. Ignorant ses pieds nus, Cendrillon traverse rapidement le couloir. Elle fait signe aux filles tremblantes.

— Venez! dit-elle d'un ton encourageant. On va être en retard en classe!

Blanche lui adresse un sourire chaleureux. Les autres élèves s'avancent dans le couloir, la mine sombre et pressées l'une contre l'autre.

Chapitre Cinq

Rose

Les jupes de Mme Taffetas bruissent lorsqu'elle prend le carré de mousseline de Rose et le montre au reste de la classe.

— Voyez comme ces points sont tout petits et parfaitement alignés, leur dit-elle, les yeux remplis d'admiration et le visage rose d'enthousiasme. Même la couleur du fil est parfaite. Ce vert mousse se découpe harmonieusement sur le fond crème! Et ce n'est que la deuxième journée d'école!

Les jeunes princesses assistent au cours de couture, où elles s'exercent à faire des travaux d'aiguille. Elles sont assises en cercle, chacune sur une chaise à coussin de velours. Des carrés de mousseline, des bobines de fil, des aiguilles et des ciseaux d'argent sont rassemblés sur une table ouvragée, au centre du cercle. Un feu crépite joyeusement à l'extrémité de la pièce.

Certaines Chemises regardent Rose avec admiration. Mais d'autres, y compris Raiponce, lui lancent des regards furieux. Rose soupire, puis laisse tomber son aiguille sur ses genoux, en prenant soin de ne pas se piquer le doigt. Ses points sont droits, réguliers et minuscules, c'est vrai.

Rose coud depuis toujours, mais avec une contrainte : chaque fois qu'elle s'approche d'une aiguille, ses parents l'obligent à porter un dé sur chaque doigt, de crainte qu'elle ne se pique. Rose ne sait pas pourquoi. Ce n'est pas facile d'apprendre à coudre avec les doigts couverts de métal, mais avec le temps, Rose est devenue experte. Et aujourd'hui, sans ces dés encombrants, elle coud plus vite et encore mieux qu'avant. Elle aurait cependant préféré que Mme Taffetas n'en fasse pas toute une histoire.

Une autre élève de la classe est très rapide. Il s'agit de Cendrillon, la gentille fille qui n'avait pas de souliers hier. Elle manie l'aiguille et le fil rapidement, comme si elle souhaitait terminer sa tâche au plus vite. Elle est déjà allée chercher deux autres carrés de mousseline sur la table. Ses points sont presque aussi réguliers que ceux de Rose, et elle a choisi une couleur presque identique au vert mousse. Alors, pourquoi Mme Taffetas ne la complimente-t-elle pas?

Comme si elle voulait détruire tout espoir de normalité pour Rose, Mme Taffetas reprend la parole :

— Rose, pourriez-vous faire la démonstration de votre technique pour vos camarades? Je suis certaine qu'elles pourraient profiter de votre talent.

Rose ne désire nullement faire une démonstration. Pendant un instant, elle est tentée de faire remarquer les points parfaits exécutés par Cendrillon. Mais quelque chose l'en empêche. Hier matin, sur les marches, Cendrillon semblait craindre de se faire remarquer. Être le point de mire de toute la classe risque d'être encore pire pour elle.

Rose se lève et fait passer rapidement son aiguille enfilée dans la mousseline, formant une ligne de points parfaitement alignés.

— Excellent! s'exclame Mme Taffetas.

Elle s'empare du bout de tissu et le tient devant la fenêtre pour qu'on voic bien la qualité du travail de Rose.

Cette dernière retourne s'asseoir, jctant un œil peu intéressé à son ouvrage. Soudain, elle aperçoit quelque chose par la fenêtre.

« Bonté divine! » se dit-elle, le visage rouge d'embarras.

Est-ce que c'cst bien Dahlia, l'une de ses fées protectrices, qui flotte ainsi dans la brise? Cette enquiquineuse ailée est en train de l'espionner! Rose s'empresse de détourner les yeux, dans l'espoir que Dahlia disparaîtra sans que personne la remarque. Juste à cet instant, elle s'aperçoit que Raiponce la toise encore d'un air furibond. Cette fois, Rose n'hésite pas. Elle lui jette un regard courroucé. Après tout, ce n'est pas comme si elle avait cherché à attirer l'attention. Les yeux de Raiponce s'écarquillent de surprise, puis elle se penche de nouveau sur son ouvrage.

Rose expire lentement. Elle n'en peut plus d'être

admirée et surprotégée.

« Ça ne me dérangerait même pas de me faire taquiner par les grandes », se dit Rose, désespérée.

La plupart des autres Chemises sont malheureuses et terrifiées. Il y a de quoi. Les deux premières journées d'école ont été éreintantes, et pas seulement à cause des règlements et des devoirs. Des choses terribles se sont produites.

Il y a d'abord eu cette horrible histoire de loup ensorcelé qui dévore les élèves de première année. Rose n'est pas certaine d'y croire, mais cette perspective a de quoi faire frémir. Ensuite, il y a eu les crocs-en-jambe : des Chemises qui se hâtaient innocemment vers leur classe se sont brusquement retrouvées par terre, leurs affaires éparpillées sur le sol de pierre. De plus, quelques Crinolines ont forcé des nouvelles à deviner leur nom, refusant de les laisser passer jusqu'à ce qu'elles y parviennent. À la suite de quoi, les pauvres sont arrivées en retard en classe, ce qui leur a valu une punition. Mais même une retenue dans la tour (la sanction imposée pour un retard) n'est pas aussi humiliante que les douches froides. En effet, des Couronnes cruelles ont installé des seaux d'eau glacée au-dessus des malles de quelques Chemises. En soulevant les couvercles, leurs victimes ont reçu une douche froide sur la tête. Trempées et frissonnantes, elles ont dû se sécher du mieux qu'elles pouvaient tout en conservant leur sang-froid et leur dignité, avant de se hâter vers leur prochain cours.

Rose frissonne en se remémorant la douche de ce matin. Il était tôt, et le soleil n'était pas encore sorti pour réchauffer le château. La fille qui s'est fait arroser était menue et tremblait de façon incontrôlable en se dirigeant vers sa classe. Rose aurait voulu l'aider, mais un groupe de Chemises l'a abordée pour lui demander ce qu'elle allait porter au bal. Quand elle est parvenue à se libérer, la pauvre fille était partie.

« J'aimerais faire quelque chose pour empêcher ces tours cruels, pense Rose. Pourquoi les grandes ne nous laissent-elles pas tranquilles? »

Mais bien sûr, elles laissent Rose tranquille. Elle se fait traiter différemment des autres, comme d'habitude. Et c'est cela, le problème!

Le cours d'autodéfense a lieu dans une immense salle, presque aussi vaste que les écuries de l'école. Des tapis de laine épais couvrent le sol. Il n'y a aucun meuble, mais la pièce est décorée d'accessoires de bois imitant des arbres et des buissons.

Les Chemises se tiennent en petits groupes et attendent les indications de Mme Petitpas, leur instructrice. Celle-ci est célèbre : elle est la première princesse du royaume à avoir pu apprendre l'art de l'autodéfense royale. Bien qu'elle soit la professeure la plus âgée de l'école, sa chevelure grise nattée est la seule indication de son âge. Elle est si grande et se tient si droite que sa présence suffit à intimider. Elle ne tolère pas les élèves qui ne font aucun effort pour améliorer leur technique, mais on devine une grande bienveillance sous cette façade sévère.

Rose est à observer les groupes de filles disséminés dans la pièce quand Blanche s'approche en sautillant.

— J'ai adoré ton ouvrage de couture! s'exclame-t-elle. Si je pouvais coudre aussi bien que toi, les vêtements des nains n'auraient presque jamais besoin d'être reprisés. Je dois passer la moitié de mes journées à recoudre les mêmes déchirures! lance-t-elle avec un gloussement.

Rose ne peut s'empêcher de sourire. Au moins, les compliments de cette fille pâlotte sont originaux!

— Vis-tu vraiment avec des nains? lui demande-t-elle, intriguée.

— Eh oui! répond Blanche. Ils sont sept! Ce sont de drôles de petits bonshommes. Un peu étranges au premier abord, mais adorables lorsqu'on les connaît. Ils m'apportent des fleurs et me chantent de jolies chansons. Et ils me protègent de…

Au même moment, Mme Petitpas claque des mains pour attirer l'attention des élèves.

— Aujourd'hui, je vais vous enseigner la technique de la gambade-croc-en-jambe, annonce-t-elle.

Elle se déplace dans la pièce en regroupant les princesses deux par deux. Rose espère avoir Blanche pour partenaire, car elle veut lui poser des questions sur les nains (De quelle taille sont-ils? Seraient-ils intéressés à rencontrer quelques fées qui ne savent pas comment s'occuper?). Toutefois, manque de chance, Blanche se retrouve avec Cendrillon. Quant à Rose, elle fait équipe avec Raiponce, la fille au regard méchant et à la chevelure acajou ridiculement longue.

Raiponce pousse un grognement quand Mme Petitpas la place à côté de Rose. Un éclair malicieux brille dans ses yeux.

« On dirait qu'elle a envie de me jouer un mauvais tour », se dit Rose.

Mais elle n'a pas peur. En fait, c'est plutôt agréable de se faire mépriser!

Mme Petitpas reprend la parole :

— Cette tactique est très utile quand une créature diabolique, comme une sorcière ou un loup, s'approche de vous pour vous dévorer.

Quelques filles poussent de petits cris perçants, probablement à cause de la rumeur du loup de l'école Grimm. Mme Petitpas serait-elle au courant? se demande Rose. Est-ce pour cette raison qu'elle leur enseigne cette technique dès la première semaine?

— Mesdemoiselles, dit la professeure d'un ton sévère, nous sommes ici pour apprendre à nous défendre. Pas pour hurler et crier comme des enfants impuissants!

Les Chemises se calment et Mme Petitpas continue :

— Bon, vous devez d'abord adopter un bon rythme. Chaque fois que vous gambadez dans la forêt, vous devez toujours regarder à gauche et à droite pour repérer d'éventuels assaillants. Gardez votre panier dans le creux du coude pour avoir les mains libres. Quand vous voyez quelqu'un ou quelque chose de suspect s'approcher, servez-vous de votre pied avant pour faire un croc-en-jambe de côté à votre adversaire et le faire trébucher. Une fois cela accompli, saisissez-le par le cou et projetez-le sur le sol. Vous verrez, c'est facile.

Blanche chuchote à Cendrillon :

— Ce n'est pas très gentil!

Rose voit Cendrillon tapoter le bras de Blanche pour la rassurer. Ce sont sûrement les deux plus gentilles filles de la classe!

Mme Petitpas remarque la mine confuse de ses élèves.

— Je vais vous faire une démonstration. J'ai besoin d'une volontaire pour le rôle de l'agresseur.

Rose est sur le point de se proposer (question de montrer aux autres élèves qu'elle ne se croit pas trop importante pour tomber par terre en pleine figure), quand Raiponce s'avance. Mme Petitpas se met aussitôt à gambader au ralenti. Raiponce adopte une attitude furtive et se dissimule à moitié derrière un des arbres du décor. Elle s'apprête à bondir sur Mme Petitpas quand cette dernière lui fait un croc-en-jambe. Raiponce trébuche et, un instant plus tard, la professeure la fait passer par-dessus son épaule et la projette sur le tapis vert moelleux comme une petite botte de foin. *Boum!* Raiponce atterrit sur le dos.

Elle se relève d'un bond en souriant :

— Incroyable! lance-t-elle d'un ton fort peu princier.

Rose ne peut qu'admirer son attitude. Aurait-elle été aussi détendue à sa place?

Elle a vite l'occasion de le vérifier. Mme Petitpas leur

demande de s'exercer deux par deux, et Raiponce se met à gambader. Rose plonge gracieusement dans sa direction, mais Raiponce lui fait un croc-en-jambe et la lance sur le sol comme un sac de laine mouillée.

— Ça va, princesse? demande Raiponce d'un air peu sincère.

Rose fait semblant d'être dupe.

— Tout à fait, répond-elle d'un ton aimable en se relevant.

À côté d'elles, Cendrillon et Blanche sont en train de répéter leurs mouvements. C'est Blanche qui gambade et fait le croc-en-jambe. Du moins, elle essaie. Car en approchant de Blanche, Cendrillon ralentit, de peur de lui marcher sur le pied. Blanche donne un coup de pied de côté, mais tend aussitôt la main pour empêcher Cendrillon de tomber. Cendrillon saisit la main de Blanche et s'assoit lourdement.

— Oups! fait Cendrillon en riant. Peut-être qu'on devrait recommencer. Tu n'as pas besoin de faire si attention, tu sais.

— Je suis désolée, dit Blanche.

« Ces deux-là sont faites pour s'entendre », pense Rose.

Puis elle regarde sa propre partenaire.

« Nous aussi, on va bien ensemble », décide-t-elle.

Sans même dépoussiérer ses jupes, Rose se met à gambader en jetant des coups d'œil à gauche et à droite. Raiponce surgit d'un buisson et plonge sur elle, mais Rose est prête. Vive comme l'éclair, elle lui fait un croche-pied et la précipite par terre si rapidement que la jeune fille en a le souffle coupé.

Rose se sent un peu coupable. Elle n'avait pas l'intention d'être si brusque. Elle s'apprête à s'excuser quand Raiponce relève la tête, tout sourire.

— Bravo! la complimente-t-elle en se relevant et en reprenant son souffle. Peux-tu me montrer comment tu as fait?

Rose lui rend son sourire. Elle a bien l'impression de s'être fait une amie. Et pas seulement parce qu'elle est jolie!

— Bien sûr! répond-elle.

Chapitre Six
Ras-le-bol!

Cendrillon garnit un plateau de viande rôtie et de légumes, puis se hâte vers la salle à manger. Elle ne veut pas que sa belle-mère et ses demi-sœurs lui reprochent sa lenteur. Ou sa paresse. Ou sa stupidité. Elle est déjà assez déprimée.

Au cours des deux premiers jours d'école, ses demi-sœurs ont semblé plus déterminées que jamais à la submerger de corvées à la maison. Soudain, les repas qu'elle doit préparer comptent non pas cinq, mais sept services. Le panier à repriser est toujours plein. Javotte et Anastasie salissent une robe de plus chaque jour, ce qui double la quantité de vêtements qu'elle doit laver. Hier, elles ont même sorti leurs fourrures pour les faire aérer, alors que le mois d'octobre n'est pas encore arrivé!

Tout en servant la viande et les légumes, Cendrillon essaie de ne pas laisser voir à quel point elle est épuisée. Plus elle montre de la fatigue, plus ses demi-sœurs se moquent d'elle.

— Tout le monde parle du bal du couronnement à

l'école, dit Anastasie en picorant dans son assiette.

Elle jette un regard méprisant à Cendrillon, debout avec le plateau, et lui dit d'un ton sec :

— La viande manque encore d'assaisonnement. Apporte-moi le sel.

— Si au moins elle apprenait de ses erreurs, dit Kastrid d'un air glacial. Mais non, nous devons toujours tout lui répéter.

Cendrillon sait bien que la viande est parfaitement assaisonnée. Si elle avait ajouté plus de sel, ses demi-sœurs se seraient plaintes que c'était trop salé. Quoi qu'elle fasse, elle a toujours tort. C'est ainsi depuis que son père a épousé Kastrid.

— Moi, je trouve que la viande est parfaite, croit-elle entendre son père murmurer.

Elle est debout à côté de lui. Si quelqu'un d'autre l'a entendu, nul ne lui répond. Cendrillon a le cœur gros. Elle voudrait que sa mère soit encore vivante... Les choses seraient tellement différentes!

Elle soupire en silence et tend à Anastasie le bol de sel, qui était sur la table, à sa portée. Ses demi-sœurs ne font jamais rien elles-mêmes si elles peuvent exiger que Cendrillon le fasse à leur place.

— Il paraît que le bal sera plus majestueux que jamais, dit Anastasie. Le sol de marbre de la salle de bal sera repoli et l'orchestre comptera une douzaine de musiciens supplémentaires. Les Couronnes sont chargées de la décoration, bien entendu, mais la directrice m'a demandé de décorer la boîte de scrutin.

— Toi? s'exclame Javotte, ses petits yeux brillants de jalousie. Pourquoi pas moi?

— C'est à moi qu'elle l'a proposé. Mais si tu me prêtes ta belle cape de brocart, je te laisserai peut-être m'aider, dit Anastasie d'un air innocent.

— Tu sais très bien que j'avais l'intention de porter cette cape! proteste Javotte d'un ton boudeur.

— Bon, bon, les filles, arrêtez de vous disputer, intervient Kastrid. Bien sûr que ta sœur te laissera l'aider à décorer la boîte de scrutin. Et vous serez toutes les deux élégamment vêtues pour l'occasion.

— Je suis certain que vous vous amuserez toutes les trois au bal, dit le père de Cendrillon d'une voix douce.

Le silence s'installe dans la pièce. Pendant un instant, Cendrillon est reconnaissante à son père. Mais un coup d'œil à sa belle-mère lui fait comprendre son erreur. Elle lit une telle cruauté sur son visage qu'elle en échappe presque la corbeille à pain.

— Cendrillon peut s'estimer heureuse de fréquenter l'École des princesses, dit-elle d'un ton sec. Il reste à voir si elle mérite d'aller au bal.

Cendrillon se tourne vers son père, espérant qu'il intercédera en sa faveur. Il regarde alternativement son assiette et le visage courroucé de sa femme.

— Mais le bal est à l'intention de toutes les élèves de l'école, n'est-ce pas, ma chérie? dit-il dans un souffle.

Kastrid pose brusquement sa coupe de vin sur la table, éclaboussant la nappe blanche de liquide rouge (une autre tache que Cendrillon devra enlever).

41

— Nous en discuterons plus tard, *chéri*, déclare-t-elle à son mari avec un regard cinglant.

Cendrillon retourne à la cuisine préparer le dessert, le cœur rempli de compassion pour son père. Être l'époux de Kastrid ne doit pas être plus facile que d'être sa belle-fille. Si son père a épousé cette femme, c'était parce qu'il croyait que Cendrillon, sa fille unique, avait besoin d'une mère.

Il n'est plus question du bal pour tout le reste du repas. Mais aussitôt que Cendrillon a débarrassé la table et rempli l'évier d'eau chaude, ses demi-sœurs entrent dans la cuisine pour lui donner des ordres au sujet de la soirée.

— Je veux que toutes mes robes soient propres et repassées, pour que je puisse les essayer et choisir celle qui me va le mieux, annonce Anastasie.

— Et moi, je veux que tous mes bijoux d'or et d'argent soient polis, afin que je puisse choisir ceux qui mettent mes yeux le plus en valeur, ajoute Javotte.

Cendrillon a envie de lui dire que ses petits yeux de fouine ne sont pas son meilleur atout et qu'il serait préférable de ne pas les souligner. Quant à Anastasie, rien ne pourrait la rendre jolie, puisqu'elle a le cœur dur comme la pierre. Mais Cendrillon ne dit rien et se contente de laver l'énorme tas de vaisselle empilée près de l'évier de pierre.

— Nous sommes désolées que tu ne puisses pas venir au bal, dit Javotte d'une voix mielleuse.

— En effet, dit Anastasie d'un ton sarcastique. Nous

n'aurons personne pour placer les jupes de nos robes et nous apporter des rafraîchissements.

Cendrillon serre les dents et ne dit rien. « Vous devez toujours être polies », se dit-elle en répétant ce qu'a dit Mme Garabaldi. Pourtant, ces mots sonnent faux.

Un éclair de malice luit dans les yeux de Javotte, qui se penche soudain en arrière. Avant que Cendrillon puisse réagir, la soupière tombe par terre et éclate en mille miettes. Il y a des éclaboussures de soupe partout et Cendrillon est trempée. Ses demi-sœurs se sont, bien sûr, écartées juste à temps.

— Quel dégât! dit Anastasie. Tu es aussi maladroite que lente!

— Tu ferais mieux de tout nettoyer avant que Mère s'aperçoive que tu as brisé sa plus belle soupière, ajoute Javotte.

Ricanant de leur bonne plaisanterie, les demi-sœurs de Cendrillon laissent la jeune fille seule dans la cuisine, maintenant jonchée d'éclats de porcelaine et de flaques de soupe aux légumes.

Cendrillon retient ses larmes. Elle se met à quatre pattes pour nettoyer le dégât. En épongeant la soupe avec un chiffon, elle se coupe la main sur un éclat de porcelaine. Sa tristesse s'évapore instantanément, et elle est soudain remplie de colère.

— Je vais aller au bal, dit-elle tout haut, les dents serrées. Et certainement pas pour servir des gâteaux, ni placer des jupes!

Chapitre Sept
Miroir, miroir!

Raiponce pousse un soupir. Le cours Glace et reflets est aussi ennuyeux qu'elle le craignait. S'asseoir sur un petit tabouret couvert de velours devant une coiffeuse munie d'un grand miroir est déjà désagréable. En effet, Raiponce trouve que son apparence n'est pas particulièrement remarquable, et regarder son reflet dans le miroir ne fait que lui donner raison.

C'est vrai que son nez couvert de taches de rousseur est droit. Elle ne louche pas. Et elle a toujours adoré sa chevelure, qu'elle trouve originale et pratique. Mais dans le cours Glace et reflets, en plus de devoir se contempler dans le miroir pendant plus d'une heure (il y a de quoi bâiller!), elle est censée se faire des tresses compliquées, créer des boucles, ajouter des pinces à cheveux... Raiponce regarde la brosse, le peigne, les rubans, les pinces et le fer à friser disposés sur la coiffeuse. Elle est convaincue qu'ils ne lui seront d'aucune utilité pour venir à bout de sa tignasse rebelle.

Elle soulève une mèche acajou et l'examine d'un air

peu convaincu. Installée à la coiffeuse voisine, Rose lui sourit pour l'encourager.

— Tu n'as qu'à les séparer en sections et les tresser, lui dit-elle.

— Pour toi, c'est facile à dire, réplique Raiponce avec un sourire narquois. Tes cheveux ne ressemblent pas au cordage d'un bateau!

Rose glousse et continue à natter ses longs cheveux blonds. Elle ne porte même pas attention à ce qu'elle fait. Elle prête l'oreille aux propos de son autre voisine, qui parle du bal.

— Il paraît que la couronne est couverte de diamants rutilants, dit cette dernière en écarquillant ses grands yeux bleus.

— Je croyais que c'étaient des rubis, dit Rose.

— Selon ce qu'on m'a dit, vous avez toutes les deux raison, dit une troisième élève. Il paraît qu'il y a aussi des saphirs!

Des soupirs d'admiration et de convoitise s'élèvent dans la pièce.

— J'espère qu'un prince me demandera une danse! lance une des Chemises.

Soudain, tout le monde se met à parler de l'École de charme pour garçons. Des petits rires fusent et plusieurs jeunes filles rougissent. Seules Raiponce et Cendrillon gardent le silence. Avec un air presque maussade, cette dernière passe le peigne à plusieurs reprises dans la même mèche de cheveux.

— J'ai tellement hâte! dit Blanche. J'ai répété mes pas

de danse avec les animaux de la forêt.

— J'ai entendu dire que les princes de l'École de charme sont vraiment mignons! s'exclame une autre princesse.

Raiponce pousse un grognement. Qu'est-ce que les garçons ont de si intéressant? Ils sont comme les filles, dans le fond, avec quelques différences. Stéphane et elle sont amis depuis des années. Même s'il est un garçon, il ne la fait pas rougir ni glousser – plutôt rire à gorge déployée!

Pour la millième fois, elle souhaiterait être avec lui à l'école des garçons plutôt qu'à celle des princesses. Elle s'amuserait sûrement beaucoup plus!

« Pendant que je suis en train de me pomponner, Stéphane fait probablement de l'équitation ou de l'escrime! pense-t-elle, déprimée. Il est juste de l'autre côté du jardin, et je n'ai jamais l'occasion de le voir! »

— Mesdemoiselles! dit Mme Labelle, tirant Raiponce de ses pensées.

La jeune enseignante est debout devant sa propre coiffeuse à l'avant de la pièce, observant son propre reflet, qui est charmant. Mme Labelle a de longs cheveux blonds ondulés, de hautes pommettes et de grands yeux bruns.

— Vous ne pouvez jamais être certaines de l'image que vous renverra votre miroir, dit-elle d'un ton très mystérieux. Y voyez-vous votre véritable personnalité? demande-t-elle en croisant le regard de Raiponce dans le miroir.

Raiponce fait une grimace à sa propre image en observant ses cheveux en bataille. Bien sûr qu'elle se voit. Qui d'autre pourrait-elle bien voir?

Soudain, l'une des princesses – la petite qui a reçu une douche froide hier matin – bondit de son tabouret en laissant échapper un cri perçant.

— Madame Labelle! s'exclame-t-elle. Je crois qu'il y a quelque chose sous mon siège!

La pauvre fille a passé la matinée à gémir et à se tortiller sur son tabouret. Raiponce croyait que c'était parce qu'elle avait pris froid à la suite de sa douche. Mais elle constate que c'est peut-être plus grave qu'elle ne le pensait.

La pièce est plongée dans le silence. Les yeux des princesses sont écarquillés. Serait-ce possible que...

Sans un mot, Mme Labelle se dirige vers le tabouret. Lentement et délicatement, elle aide la jeune fille à retirer les coussins de son siège. Comme cette dernière est petite, il a fallu en empiler au moins une demi-douzaine sur le tabouret.

Le reste des élèves échangent des regards intrigués tout en retenant leur souffle, curieuses de savoir ce qui incommode la jeune fille. Raiponce espère qu'il s'agit seulement d'un morceau de rembourrage qui s'est tassé sous l'un des coussins. L'autre hypothèse est vraiment trop horrible. Trop cruelle.

Enfin, Mme Labelle soulève le tout dernier coussin. Dessous, légèrement écrasé, mais toujours intact, se trouve un petit pois.

47

Aussitôt, la pièce résonne de cris incrédules.

— Un petit pois! Un petit pois! hurle une élève.

— Je n'arrive pas à y croire! crie une autre.

La princesse qui était assise sur le pois tombe sur le sol, évanouie.

Raiponce a pitié d'elle. Personnellement, elle n'a pas peur des petits pois. Elle est convaincue qu'elle pourrait s'asseoir sur un petit pois pendant des heures sans même s'en apercevoir. Mais les petits pois ont des effets tout à fait catastrophiques sur certaines princesses : ils les empêchent de s'asseoir, de s'allonger et, parfois, de dormir pendant des jours. Certaines victimes ont même dû consulter des médecins. Inutile de dire que la plupart des princesses sont terrifiées devant les petits pois. Raiponce n'aurait jamais recours à cette minuscule légumineuse pour s'en prendre à une autre élève, même une princesse qu'elle déteste. C'est là une règle tacite, une sorte de pacte entre princesses.

— Qui a pu faire une chose pareille? demande Rose pendant que plusieurs élèves se rassemblent autour de la princesse évanouie.

— J'ai ma petite idée là-dessus, dit Cendrillon, d'une voix si basse que Raiponce est certaine que personne d'autre ne l'a entendue.

— Mesdemoiselles, du calme! dit Mme Labelle d'une voix ferme, mais tendue. Il ne sert à rien de paniquer.

Elle s'accroupit près de la princesse étendue et lui passe un petit flacon de sels sous le nez. La jeune fille ouvre les yeux.

48

Les petites rides d'inquiétude qui marquaient la peau parfaite de l'enseignante s'estompent.

— Nous devons avoir confiance en nous-mêmes et faire preuve de courage, dit-elle. Sinon, nous nous laisserons abattre par de vilains tours comme celui-ci.

Mme Labelle aide la jeune princesse à se relever, enlève le petit pois du tabouret et replace les coussins. Tenant le petit pois à bout de bras, comme s'il s'agissait d'une couche souillée, elle le transporte solennellement jusqu'à l'âtre et le jette sur la braise. Des flammes jaillissent et le pois explose en tout petits morceaux avant de grésiller, puis d'être réduit en cendres.

— Bon, retournez à vos miroirs, mesdemoiselles, dit l'enseignante.

Rassurées à présent que la légumineuse est détruite, les élèves reprennent place devant leur coiffeuse, non sans d'abord jeter un coup d'œil sous les coussins.

Raiponce observe Mme Labelle qui se regarde dans le miroir. Puis elle se tourne vers sa propre image et essaie encore de dompter ses boucles rebelles. Il serait facile de faire une tresse ordinaire. Mais pour une tresse française, il faut d'abord prendre de petites sections de cheveux. Et aucune des pinces étalées sur la coiffeuse ne semble assez grosse pour ses épaisses mèches.

Toute découragée, Raiponce saisit le fer à friser et commence à y enrouler une mèche. Mais le fer est plus lourd qu'elle ne le croyait, et elle manque de se brûler le cou.

Une autre figure apparaît alors dans son miroir. C'est

Rose. Ses cheveux sont soigneusement nattés en trois tresses françaises, dont les extrémités sont rassemblées en chignon sur sa nuque gracieuse.

— Je déteste ce truc, chuchote Rose en désignant le fer chaud. Mais je peux te montrer comment faire des tresses.

— D'accord, dit Raiponce en souriant.

Elle se détend et laisse Rose s'occuper d'elle. Il est évident que la jeune fille sait comment s'y prendre en matière de coiffure – tout comme pour l'autodéfense. Quelques minutes plus tard, la moitié des cheveux de Raiponce sont entrelacés en une tresse qui lui descend jusqu'au milieu du dos.

Reconnaissante, elle tourne la tête d'un côté et de l'autre pour mieux voir sa coiffure. Un éclair luit soudain dans le miroir. Le phénomène se répète une seconde plus tard. Et encore une fois.

« C'est bizarre », pense Raiponce. Elle a déjà posé son miroir à main sur sa coiffeuse et, jetant un coup d'œil autour d'elle, elle constate qu'aucune élève n'utilise le sien.

Encore un éclair. Rose et Raiponce échangent un regard dans le miroir de la coiffeuse, puis Raiponce se penche vers la fenêtre. Elle aperçoit un garçon au milieu du jardin, près des écuries de l'École des princesses. C'est Stéphane! Il tient un morceau de métal luisant, qu'il fait osciller de façon à envoyer un reflet de lumière dans la fenêtre de la classe!

— Qui est-ce? chuchote Rose.

— C'est mon ami Stéphane, dit Raiponce en faisant signe au garçon. Il étudie à l'École de charme.

Rose hoche la tête, impressionnée.

Stéphane fait de nouveau briller son bout de métal et pointe les écuries du doigt. Raiponce sourit. Stéphane a trouvé le signal et le lieu de rencontre parfaits!

Chapitre Huit
Bave de crapaud

Cendrillon longe le couloir, perdue dans ses pensées. Elle est fatiguée et nerveuse. L'incident du petit pois lui revient sans cesse en tête. Elle est certaine que Javotte et Anastasie sont responsables, même si elles n'ont pas commis ce méfait seules. Pour une raison inconnue, leurs méchancetés lui semblent particulièrement cruelles depuis quelque temps. C'est peut-être parce que Cendrillon ne les avait jamais vues s'en prendre à quelqu'un d'autre. Ou peut-être parce que certaines professeures et élèves ont fait preuve de bonté à son égard.

Ses pensées sont interrompues par Blanche, qui s'approche en gambadant et en fredonnant. Glissant son bras sous celui de Cendrillon, la jeune fille l'entraîne vers le cours d'identification des grenouilles.

— Tu ne trouves pas ça excitant? demande Blanche. Moi, c'est mon cours préféré. On va travailler avec de véritables grenouilles!

L'enthousiasme de la jeune fille est contagieux. Rassérénée par le joyeux bavardage de son amie,

Cendrillon se laisse entraîner.

— J'aime beaucoup l'École des princesses, mais je m'ennuie des animaux de la forêt, poursuit Blanche. Ils me rendent visite chaque jour quand je suis à la maison. C'est vrai qu'ils ne parlent pas beaucoup, mais j'adore leur compagnie! As-tu déjà passé du temps avec un crapaud? Moi, oui. Les grenouilles et les crapauds ne donnent pas envie de les caresser, comme les chevreuils, les lapins et les écureuils, mais je trouve qu'ils sont mignons, même s'ils sont un peu visqueux. Et toi?

Cendrillon sourit et hoche la tête. Elle n'apprécie pas vraiment les grenouilles, mais elle se sent mieux.

Les deux amies sont presque arrivées à la porte de la classe quand quelques filles plus âgées s'approchent des Chemises et leur lancent des railleries. Cendrillon aperçoit ses demi-sœurs dans le groupe et baisse la tête.

— Prenez garde aux verrues! lance Anastasie.

— Attention de ne pas couvrir vos robes de bave! crie une Jarretière.

— Pauvres Chemises! dit Javotte. Où pourraient-elles trouver un prince pour le bal, sinon dans un cours sur les grenouilles?

Des rires railleurs retentissent dans le couloir, mais Cendrillon fait semblant de ne pas entendre et entre dans la classe avec Blanche. C'est la pièce la plus dépouillée du château. À chacune des extrémités, des cheminées réchauffent le sol nu. Une unique rangée de tables en bois longe un mur. De petites cages y sont alignées, chacune contenant une grenouille.

— Entrez, mesdemoiselles, lance Mme Grenon aux élèves. Contrairement aux rumeurs qui circulent dans l'école, il n'y a rien de dangereux ici.

Les Chemises entrent dans la classe, mais restent près de la porte. Seule Blanche s'avance aussitôt vers les cages pour dire bonjour aux grenouilles.

Mme Grenon, une femme trapue au visage carré et aux yeux presque noirs, toussote pour s'éclaircir la voix. Cendrillon trouve que le son qu'elle produit ressemble étrangement à un coassement.

— Je sais que le cours d'identification des grenouilles est souvent tourné en ridicule, déclare la professeure, mais comme je vous l'ai déjà dit, il vous permettra d'acquérir des compétences essentielles aux princesses.

Elle fait une pause pour créer un effet dramatique, puis reprend :

— À moins que vous ne vouliez vous faire harceler par une grenouille sans pouvoir déterminer s'il s'agit d'un prince ensorcelé ou d'un filou à peau verte!

Les élèves jettent un coup d'œil nerveux aux cages en chuchotant entre elles. Personne n'aime parler de grenouilles. C'est un sujet qui rend les princesses très nerveuses. Ce n'est toutefois pas le cas de Cendrillon. Elle a l'habitude de voir des grenouilles dans l'étang près de chez elle et dans le potager où elle cultive ses légumes.

— Comme nous en avons déjà discuté, continue Mme Grenon, les grenouilles ordinaires ont appris à modifier leur apparence dans l'espoir de se faire embrasser par une princesse ou une apprentie princesse.

Elle ouvre le loquet d'une cage et une grosse grenouille verte luisante en sort aussitôt en bondissant. Mme Grenon la saisit d'un geste gracieux.

— Notez les verrues dorées qui couvrent son corps.

— Comme elle est belle! s'exclame Blanche, qui s'approche pour mieux admirer la grenouille.

Cendrillon ne peut pas s'empêcher de sourire. Mais l'expression de Mme Grenon se fait sévère :

— Peut-être bien, mais les apparences sont parfois trompeuses. Il y a une dizaine d'années, ces verrues dorées étaient un signe infaillible que cette bête était en réalité un prince sous l'emprise d'un sortilège. Mais depuis, les batraciens se sont ingénieusement approprié ces indices trompeurs pour duper les princesses inexpérimentées. Une grenouille ou crapaud sur cinq a des verrues dorées, des taches en forme de couronne sur la tête, ou d'autres particularités du genre. Je vous conseille donc d'être prudentes. Ne hâtez pas les choses. Observez bien. Étudiez vos sujets. Ce n'est qu'ainsi que vous pourrez trouver un prince parmi les batraciens.

Mme Grenon sourit et les grenouilles se mettent à coasser bruyamment.

— Et maintenant, mesdemoiselles, il est temps de libérer les grenouilles. Vous allez ouvrir chacune une cage.

Pendant que la plupart des princesses échangent des regards dégoûtés, Blanche, elle, s'avance et libère une grenouille. Cendrillon s'approche à son tour et ouvre un loquet avec précaution. Elle n'a jamais touché à une grenouille auparavant, mais cela ne doit pas être aussi désagréable qu'on le dit.

— Bon, ce ne sont pas des loups, après tout! lance Raiponce, faisant écho aux pensées de Cendrillon. Ce ne sont que des grenouilles!

Elle s'avance vers une cage et en fait sortir une petite grenouille maigrichonne, qui saute sur le plancher.

Bientôt, la pièce est remplie de grenouilles qui coassent et bondissent. Cendrillon n'en a jamais vu autant, de tailles et de formes aussi diverses. Et plusieurs semblent intelligentes. L'une d'elles lui a même fait un clin d'œil!

Toutefois, la plupart des princesses ne trouvent pas cela drôle. Elles ne sont même pas intéressées. Plusieurs crient et s'enfuient lorsque l'une des petites bêtes vertes et visqueuses s'approche d'elles.

Cendrillon observe une grenouille dont la tête est ornée d'un cercle argenté. Elle est plutôt mignonne... mais visqueuse.

À l'autre bout de la pièce, Rose cherche à s'éloigner gracieusement d'une douzaine de grenouilles qui essaient désespérément de s'approcher d'elle.

Raiponce, pour sa part, est assise sur le plancher et s'adresse d'un ton calme à une grosse grenouille bosselée :

— Je suis bien contente de te revoir, Crapounet, et je suis désolée que tu te sois fait capturer. Mais peu importe le nombre de concours de sauts que tu as remportés pour moi, je ne te donnerai pas d'autre baiser!

Rose s'approche alors, suivie d'une douzaine de grenouilles.

— Beurk! fait-elle avec une grimace peu digne d'une princesse. Je me fiche bien que vous soyez ou non sous l'emprise d'un sortilège. Je n'embrasserai aucune de vous!

Les grenouilles cessent de sauter et de coasser, et regardent Rose d'un air boudeur.

Cette dernière jette un regard implorant à Raiponce, mais juste à ce moment, Blanche intervient :

— Ne les écoutez pas, dit-elle aux grenouilles. Je vais toutes vous embrasser, même si vous n'êtes pas des princes!

Elle soulève ses jupes pour former un hamac, dans lequel les grenouilles bondissent allègrement.

— À moins que ce ne soit pas permis? ajoute-t-elle en se tournant vers ses amies.

Cendrillon détourne son attention de la grenouille au cercle argenté et avance prudemment l'index pour caresser une grenouille dans les jupes de Blanche.

— Bonjour, petite grenouille, dit-elle d'une voix rauque.

Elle caresse doucement le dos bosselé. La grenouille n'est pas aussi gluante qu'elle le croyait!

Debout auprès de ses amies, Rose a un petit rire. La grenouille que caresse Cendrillon coasse, et la jeune fille éclate de rire, à son tour. Crapounet s'approche de Blanche en coassant. Mais le batracien est si gros qu'il n'arrive pas à sauter dans les jupes de la jeune fille.

— Tiens, Crapounet, dit Raiponce en lui donnant une

petite poussée pour l'aider à sauter. Tu as trop mangé d'éphémères, on dirait!

Le batracien atterrit sur le dos dans le doux hamac formé par les jupes de Blanche. Il pousse un coassement sonore.

— De rien! dit Raiponce en riant.

Les quatre filles éclatent d'un fou rire irrépressible. De l'autre côté de la pièce, Mme Grenon ouvre la bouche pour leur dire de se calmer, mais elle se ravise et se met à toussoter.

— Coâ? Coâ? Qu'est-ce qu'elle dit? chuchote Rose.

Ses amies rient tellement qu'elles en tombent presque par terre. Elles ne peuvent plus s'arrêter. Cendrillon a le sentiment que toutes ses peurs et ses inquiétudes s'envolent. Décidément, ce cours est le plus amusant de tous!

Soudain, leurs rires sont interrompus par des cris dans le couloir :

— Au loup! Au loup!

Chapitre Neuf
Un loup dans la bergerie

Une Chemise qui revenait du petit coin des princesses entre en criant dans la classe :
— Il y a un loup dans le couloir!

Laissant la porte ouverte, la jeune fille se précipite vers les hautes fenêtres au fond de la pièce. En une seconde, la panique gagne les autres élèves. C'est un véritable chaos. Le coassement des grenouilles terrifiées est couvert par les hurlements des princesses terrorisées. Les grenouilles bondissent les unes par-dessus les autres, essayant de regagner la sécurité de leurs cages le plus vite possible. Les Chemises grimpent sur les tables pour éviter les grenouilles et atteindre les fenêtres. Leur pire cauchemar vient de se réaliser : il y a un loup en liberté dans l'école!

Étrangement, Rose se sent très calme. Il lui arrive rarement d'être effrayée, peut-être parce que les autres ont si peur pour elle qu'elle n'a pas besoin de s'inquiéter. Elle se dirige vers la porte, avec l'intention de la refermer et de protéger ses camarades.

Elle entend un cri dans le couloir :

— À l'aide!

Une Chemise vêtue d'une cape rouge passe devant elle en courant. Une forme sombre, couverte de fourrure, la poursuit. Rose entend un grognement, puis le chœur de hurlements derrière elle étouffe tout autre bruit.

— Est-ce que c'est le loup? demande Blanche en sortant à son tour dans le couloir.

Le loup cesse de courir et reste immobile au bout du couloir.

— Oh! Comme il est mignon, dit Blanche en faisant quelques pas en direction de l'animal, la main tendue.

— On devrait la retenir, dit Raiponce, qui est apparue aux côtés de Rose.

Cendrillon s'est approchée, elle aussi. Mme Grenon, quant à elle, est debout sur une table en compagnie des autres Chemises. Ses jupes d'un vert marécageux sont remontées jusqu'à ses genoux, révélant des jambes gainées de jaune.

Avant que ses nouvelles amies puissent ramener Blanche dans la pièce, le loup tourne la tête et s'éloigne d'une démarche maladroite. On dirait que ses deux pattes avant sont trop courtes, et son pelage semble beaucoup trop flasque.

Une minute plus tard, Blanche rentre dans la classe :

— Il est parti! lance-t-elle à ses camarades et à l'enseignante, toujours debout sur les tables. Pauvre loup! Il était dans un état terrible…

Rose sourit. Il n'y a que Blanche pour s'inquiéter du

sort d'un agresseur!

Mme Grenon descend de la table, traverse la pièce et sort prudemment la tête dans le couloir. Puis elle toussote et dit d'une voix rauque :

— La voie est libre, mesdemoiselles! Restez toutes ensemble et retournez à votre classe principale pendant que je signale cet incident à l'administration.

Les Chemises se hâtent dans le couloir en se tenant par la main et en jetant des regards furtifs à gauche et à droite. Certaines commencent à gambader, prêtes à faire des crocs-en-jambe s'il le faut. Elles semblent toutes à bout de nerfs. Même Blanche.

— Je crois que cet animal avait quelque chose de bizarre, dit-elle d'une voix inquiète en se tournant vers ses amies, qui sont toujours debout près de la porte.

Elle a les larmes aux yeux.

— Et moi, j'en suis certaine, dit Cendrillon.

Blanche a l'air de croire que le loup était blessé, mais le ton de Cendrillon donne l'impression à Rose qu'elle pense la même chose qu'elle.

— Pour commencer, ce n'était pas un vrai loup, déclare Rose en prenant la main de Blanche.

— Elle a raison, dit Cendrillon. J'ai déjà vu cette fourrure. Elle n'appartient pas à un loup, mais à une créature encore plus dangereuse : ma belle-mère.

— Qu'est-ce que tu veux dire? demande Blanche, les yeux brillants de larmes.

Raiponce écarte une mèche de cheveux noirs du visage de porcelaine de Blanche. Rose a eu la même impulsion. Blanche produit cet effet sur les gens. Elle est si confiante qu'on a envie de prendre soin d'elle.

— Ce n'était pas un loup, dit Rose, c'était une personne déguisée en loup.

— C'était sûrement l'une de mes demi-sœurs, Javotte ou Anastasie, ajoute Cendrillon en passant un bras autour des épaules de Blanche et en fixant des yeux l'endroit où le « loup » s'est arrêté quelques minutes plus tôt. Ces filles adorent torturer les autres. Si seulement on pouvait le prouver…

Elle s'interrompt brusquement.

Toutes les Chemises sont parties, mais une Crinoline se tient là dans le couloir. Elle est vêtue d'une jolie robe orangée et parée de superbes bijoux, mais son expression méprisante dépare ses beaux atours.

— Dis donc, le Cendrier! Je vois que tu t'es fait une nouvelle amie, lance-t-elle à Cendrillon en toisant Blanche de haut en bas et en lorgnant sa robe démodée, d'un air désapprobateur. Vous allez bien ensemble.

— Laisse-nous tranquille, Anastasie, dit doucement Cendrillon.

Anastasie fait mine de ne pas l'avoir entendue. Elle s'avance lentement vers Blanche et plante son regard dans les grands yeux de la jeune fille.

— As-tu toujours l'air aussi stupide? demande-t-elle d'un ton dédaigneux, le visage grimaçant.

— Mais non, dit gentiment Blanche. C'est seulement que je suis inquiète pour ce pauvre loup…

— Peu importe! la coupe Anastasie en tournant ses

yeux sombres vers Rose.

Celle-ci voit le visage d'Anastasie se transformer. Elle n'est pas ce que Rose appellerait belle, mais son air hargneux a disparu. Ses lèvres minces s'étirent en un sourire mielleux.

— Rose! dit-elle d'une voix mièvre. Je suis certaine que tu as mieux à faire que de perdre ton temps avec ces deux Chemises malpropres! On est souvent jugé par ses fréquentations, tu sais. Pourquoi ne viens-tu pas avec moi, Belle? Je peux te présenter des Crinolines. Nous ne fréquentons généralement pas les plus jeunes, mais nous pourrions faire une exception pour toi.

Elle tend mollement la main à Rose.

— Non, merci, répond froidement Rose, qui se rapproche de ses trois amies et fixe Anastasie d'un regard inflexible. Je ne crois pas que je pourrais supporter de voir mon reflet dans tes yeux vides.

Anastasie en reste bouche bée. Elle demeure muette un instant, puis plisse les yeux en ouvrant et en refermant la bouche à quelques reprises. Enfin, elle tourne les talons et s'éloigne d'un pas bruyant, toujours sans avoir proféré une parole.

Soudain, Cendrillon se plie en deux, les mains sur le ventre. Sa tête oscille de haut en bas et elle cherche à reprendre son souffle. Rose porte la main à sa bouche. Elle espère qu'elle n'a pas causé de problèmes à Cendrillon! Peut-être qu'elle n'aurait rien dû dire à cette méchante Crinoline.

— Je suis désolée, dit-elle. Est-ce que j'ai fait une gaffe?

Cendrillon se relève. Elle a le visage rouge et les joues couvertes de larmes. Mais elle affiche un sourire fendu jusqu'aux oreilles.

— Tu vas peut-être le regretter un jour, dit-elle d'une voix haletante, en s'efforçant de réprimer son fou rire. Mais à mon avis, ça en valait vraiment la peine!

Chapitre Dix

La surprise de Raiponce

Raiponce court dans le couloir à toutes jambes. Quel soulagement – quel plaisir! – de ne pas avoir à s'inquiéter de sa posture, de son maintien, de ses manières… Beurk!

En raison de l'incident du loup, toutes les princesses ont été escortées jusqu'à la cour la plus éloignée, à l'écart des bois de l'école Grimm, pendant que les gardes royaux inspectent les couloirs du château. Raiponce se dirige de l'autre côté, vers l'écurie et Stéphane. C'est l'occasion idéale de s'échapper.

La jeune fille sort en trombe de l'école par la porte avant, dévale les escaliers et franchit d'un bond le petit mur qui sépare la roseraie de l'entrée. Elle se baisse pour traverser les buissons épineux et franchit les derniers mètres au pas de course. Elle espère que Stéphane est toujours là. Ils ont convenu de se rencontrer à l'écurie ce midi. Le hic, c'est que le repas de Raiponce commence quand celui de Stéphane se termine.

— Ne t'inquiète pas, lui a-t-elle dit. Personne ne peut

m'enfermer. Attends-moi!

Elle a parlé d'un ton confiant, mais sans l'incident du loup, elle ignore comment elle se serait débrouillée pour arriver à temps.

— Stéphane! crie-t-elle en surgissant dans l'énorme écurie.

Au bruit qu'elle fait, des colombes s'envolent vers les poutres du plafond, et les chevaux s'ébrouent et piétinent la paille. Heureusement, aucun valet d'écurie n'est là. Raiponce réalise tout à coup qu'elle pourrait être punie si elle se faisait prendre.

— Allez, sors de ta cachette! dit-elle d'une voix plus basse.

Il *faut* que son ami soit ici. Raiponce s'est couchée tard ces trois derniers jours pour lui préparer une surprise. Elle voulait la lui donner ce matin, mais il est parti pour l'école plus tôt. Sans elle. Elle ne peut pas attendre une seconde de plus.

Elle entend soudain des pas bruyants.

Elle s'assoit sur une botte de foin et sort la surprise de la poche qu'elle a cousue sur sa jupe. C'est une boucle de ceinture qui vient de son père. Ou du moins, c'est ce qu'elle croit. Cette boucle était sur la ceinture que Mme Gothel a utilisée pour attacher ses vêtements de bébé, quand elle a enlevé la fillette à ses parents. La boucle n'a jamais autant brillé que maintenant.

Raiponce a passé des heures à la polir pour Stéphane. Elle espère qu'il la portera chaque jour. Ainsi, il sera toujours prêt à lui envoyer des messages en reflétant les rayons du soleil. La boucle est aussi brillante que le miroir de Raiponce. Presque. Les traits de la jeune fille paraissent déformés quand elle s'y regarde. Elle tire la langue à son reflet. Hum… Et elle qui pensait avoir un drôle d'air dans un miroir ordinaire!

— Tu m'avais pourtant dit que tu ne deviendrais pas coquette et vaniteuse! fait la voix rieuse de Stéphane, un peu étouffée dans l'écurie sombre.

Mais elle reconnaît sans peine ses yeux verts dans la pénombre.

— Et voilà que je te surprends à te contempler dans tout ce qui peut renvoyer ton image! poursuit-il. Peut-être que je devrais commencer à t'appeler « Belle », toi aussi!

— Arrête donc! dit-elle en lui lançant la boucle.

Le jeune homme s'interrompt pour attraper celle-ci. Raiponce se sent un peu coupable de lui avoir parlé du surnom ridicule de Rose, surtout à présent qu'elle aime bien la jolie princesse. Rose est plus qu'un joli minois. Beaucoup plus. En fait, elle pourrait même être une véritable amie. Mais Raiponce n'est pas prête à en parler à Stéphane. Elle a d'autres choses à discuter avec lui, comme la boucle et son plan.

— Qu'est-ce que c'est? demande Stéphane en retournant l'objet de métal luisant et en le polissant sur sa chemise.

— Une armure, réplique Raiponce d'un ton sec. Qu'est-ce que tu crois?

Stéphane lui jette un coup d'œil et Raiponce sort le

reste de sa surprise de sa poche.

— Ça, dit-elle en désignant la boucle, c'est pour que tu puisses m'envoyer des messages quand je suis en classe du côté nord du château. Et ceci, continue-t-elle en lui tendant un petit parchemin, c'est le début de notre code secret.

Raiponce a composé quelques enchaînements de signaux lumineux qui lui permettront de communiquer avec Stéphane. L'éventail de messages qu'on peut exprimer avec de la lumière et un miroir est plutôt limité : « Bonjour! », « À plus tard. », « Le nez de Mme Labelle ressemble à un champignon. » et le plus important : « Rendez-vous à l'écurie au plus vite! » Raiponce et Stéphane ne pourront certainement pas avoir de véritables conversations, mais ce sera suffisant pour garder le contact et empêcher Raiponce de se sentir prisonnière à l'École des princesses. Une fois qu'ils seront habitués au code, ils pourront toujours y ajouter des phrases.

— Quel gaspillage, dit Stéphane en souriant. Tu perds ton temps à apprendre le point de croix, alors que tu serais tellement utile dans les services secrets de Sa Majesté!

— Hé! J'ai aussi appris des techniques d'autodéfense! dit Raiponce en feignant un croc-en-jambe.

Stéphane recule en levant les mains.

— Pitié, Votre Altesse! dit-il en s'inclinant. J'ai entendu parler de vos talents pour envoyer les jolies filles au tapis!

Stéphane s'étend dans le foin en étirant ses longues jambes.

— Au fait, comment va Belle? demande-t-il, les yeux pétillants.

— Ne me dis pas que tu t'es entiché d'elle, toi aussi! dit Raiponce en donnant un petit coup sur la couronne du jeune prince, qui est maintenant posée de guingois sur sa chevelure sombre et bouclée.

— Je ne suis pas entiché, je suis seulement curieux, dit Stéphane en haussant les épaules. Comment est-elle? Est-ce que c'est vrai, tout ce qu'on raconte?

— Elle n'est pas si mal, dit Raiponce en haussant les épaules à son tour.

C'est étrange. La semaine dernière, Raiponce a pris plaisir à parler à Stéphane de toutes ces filles maniérées de l'École des princesses. Ils ont bien ri. Mais à présent, elle voit les choses autrement. Certaines des filles ne sont pas si ridicules que cela. Par exemple, quand Blanche s'est approchée du loup, ou de ce qui en tenait lieu, elle a fait preuve d'un grand courage.

Tout a changé. Raiponce ne s'amuse plus à se moquer des princesses, et elle ne sait pas comment expliquer à Stéphane son revirement d'attitude. C'est peut-être parce qu'elle s'est fait des amies. Peut-être qu'elle commence à s'intégrer…

Soudain, elle a envie de retourner à l'école pour voir ce qui s'est passé en son absence. Le « loup » pourrait revenir à l'improviste!

— Bon, envoie-moi un signal quand tu seras au cours

69

de chevalerie, dit-elle en se levant d'un bond et en se dirigeant vers la porte.

— Hé! Où vas-tu? demande Stéphane, surpris. Je n'ai pas besoin de rentrer avant la deuxième sonnerie.

— Je dois retourner avant qu'on s'aperçoive de mon absence. Ils vont peut-être prendre les présences, à cause de l'alerte au loup.

Raiponce lui sourit et lui fait au revoir de la main avant de sortir en courant de l'écurie.

— Quelle alerte? Quel loup? lui crie Stéphane.

Raiponce ne prend pas le temps de lui répondre. Elle lui racontera tout plus tard. Peut-être même qu'elle lui parlera de ses nouvelles amies.

Elle sourit en pensant aux trois filles qu'elle s'en va retrouver. En sautant par-dessus le mur de la roseraie et en montant les marches de pierre de l'École des princesses, elle éprouve un incroyable sentiment de liberté.

Chapitre Onze
Un projet secret

À l'École des princesses, l'atmosphère est tendue. Bien que les gardes royaux aient déclaré l'école sans danger et que Cendrillon ait expliqué à ses camarades que le loup n'en était pas un, tout le monde a les nerfs en boule.

La jeune fille qui a été pourchassée par le loup est rentrée à la maison, chez sa grand-mère. Les autres Chemises sont si terrifiées qu'elles ne se déplacent qu'en groupes ou deux par deux, l'œil aux aguets. Cendrillon, elle, marche seule, perdue dans ses pensées.

En plus du fait qu'elle a l'habitude de se faire harceler, Cendrillon est trop épuisée pour avoir peur. Elle se couche de plus en plus tard chaque soir. Après avoir terminé toutes ses corvées supplémentaires, elle doit encore travailler à son propre projet.

Elle était en train de nettoyer le petit salon quand elle a eu son idée : « Si seulement ma marraine fée n'était pas si loin, s'est-elle dit. Ses pouvoirs magiques régleraient tout! » En passant le plumeau sur les dossiers en volute des fauteuils de velours, elle s'est souvenue de la quantité de tissu qui était restée après que sa belle-mère les avait fait recouvrir. En effet, Kastrid avait changé toute la décoration dès qu'elle avait mis le pied dans la maison. Cendrillon sait que cela a coûté une petite fortune à son père. Kastrid adore dépenser l'argent de son nouveau mari, mais Cendrillon est certaine que sa belle-mère avait une autre raison de tout redécorer : pour effacer à jamais la mémoire de sa mère. Même si sa belle-mère est capable de faire disparaître les trésors de sa famille, Cendrillon sait qu'elle ne peut pas détruire ses souvenirs. Ils sont au fond de son cœur et dans sa tête, bien en sécurité, pour toujours.

Cendrillon pense à sa mère chaque jour. Celle-ci lui a montré tant de choses avant de mourir : à cuisiner et à chanter, à danser et à jardiner, à prendre soin d'elle et à garder l'espoir. C'est grâce à sa mère que Cendrillon sait coudre mieux que la plupart de ses compagnes dans le cours de couture. Et il y avait des mètres de velours inutilisé dans le grenier.

Depuis que Cendrillon a commencé à fabriquer sa robe, elle se couche tard chaque soir, travaillant à la lueur d'une bougie afin de garder son projet secret. Une vieille robe de sa mère lui sert de patron. Le modèle est simple, mais élégant. L'encolure est haute et carrée, et les longues manches sont bien ajustées, sans être trop serrées. La jupe est ample, partant du corsage en une multitude de petits plis. Après cinq soirées de travail acharné, la toilette est presque prête.

Peut-être est-ce en raison de son extrême fatigue, mais Cendrillon a l'impression d'avancer comme dans un rêve dans le couloir de l'école. Elle n'arrive pas encore à croire qu'elle va aller au bal du couronnement. Son père a dû intervenir, car Kastrid lui a annoncé hier soir, les lèvres pincées, qu'elle avait la permission d'aller au bal. D'après Cendrillon, sa belle-mère n'a accepté que parce qu'elle croit qu'elle n'a rien à se mettre.

— Tant que tu réussiras à l'école, je ne pourrai pas t'en empêcher, lui a dit sa belle-mère.

Maintenant, tout ce qu'il lui reste à faire, c'est de réussir en classe. Mais c'est plus difficile qu'il n'y paraît. La fatigue causée par ses corvées ménagères et ses soirées de couture l'empêche de se concentrer. Pendant le cours d'histoire, les lettres de son parchemin dansaient devant ses yeux. Et quand l'enseignante, Mme Istoria, lui a posé une question toute simple, elle est restée muette jusqu'à ce que Rosc lui chuchote la réponse. Durant le cours de couture, elle n'arrêtait pas de perdre son fil. Dans le cours Glace et reflets, elle avait à peine la force de lever les bras pour tresser ses cheveux! Mais elle va y arriver. Rien ne va l'empêcher d'aller au bal.

Épuisée et perdue dans ses rêves, Cendrillon se dirige vers le cours d'autodéfense. Elle trébuche, empêtrée dans ses chaussures de verre bourrées de papier chiffonné. Elle ne voit même pas Anastasie s'approcher.

— Cen-dril-lon! chantonne sa demi-sœur. Justement celle que je voulais voir!

— Laisse-moi tranquille, Anastasie. Je ne veux pas

arriver en retard à mon cours.

Cendrillon tente de contourner Anastasie, mais cette dernière fait un pas de côté pour lui bloquer le chemin.

— Je ne voudrais pas te retarder, ma chère sœur, dit Anastasie d'un ton faussement compatissant. C'est seulement que tu es si douée pour nettoyer les dégâts... et j'ai bien peur qu'il y en ait un qui t'attende dans ma malle. Je suis certaine que tu nettoieras ça en un rien de temps. Tu as déjà ta guenille avec toi. À moins qu'il ne s'agisse de ta robe?

Cendrillon soupire en regardant Anastasie dans les yeux. La « guenille » dont elle parle appartenait autrefois à Anastasie.

— Tu peux peut-être m'obliger à faire des choses devant ta mère, mais à l'école, c'est différent.

— Vraiment? demande Anastasie.

Son ton mielleux a disparu et ses yeux plissés ont l'air plus petits que jamais.

Cendrillon fait un pas en arrière. Elle se rend compte qu'elle vient de commettre une grosse erreur.

— Oui, réplique-t-elle d'une voix incertaine.

— Hum! dit sa demi-sœur, amusée par sa propre fourberie. C'est ce qu'on verra... Si ma malle n'est pas impeccable et bien rangée quand je sortirai de mon cours de déguisement, je vais raconter à ma mère que c'est toi qui as déchiré sa cape de velours noir!

Cendrillon en reste bouche bée. Elle ne sait pas quel sort est le pire : recevoir une punition à l'école ou bien à la maison. Et maintenant, elle est sûre d'écoper des deux.

Anastasie n'a pas fini :

— Et si tu ne veux pas qu'autre chose soit déchiré, tu ferais mieux de nettoyer aussi la malle de Javotte!

Avec un dernier regard mauvais, Anastasie s'éloigne d'un pas lourd.

Quand les trompettes annoncent le début des cours, Cendrillon prend la direction opposée à celle du cours d'autodéfense. En se hâtant vers les malles des élèves, elle ne sent plus la moindre lueur d'espoir animer son pauvre corps fatigué.

Elle sait qu'elle doit prendre les menaces d'Anastasie au sérieux. Elle espère seulement que, si elle lui obéit, sa demi-sœur ne mettra pas ses menaces à exécution par pure malveillance. Tout ce que Cendrillon peut faire, c'est nettoyer les malles le plus rapidement possible et espérer que Mme Petitpas sera plus clémente que sa belle-mère. Cendrillon se croise les doigts. Si elle se trompe, le peu d'espoir qui lui reste sera réduit en cendres. Si elle a des problèmes à l'école, Kastrid sautera sur cette excuse pour l'empêcher d'aller au bal.

Cendrillon soulève le couvercle de la malle de sa demi-sœur et tressaille. La malle est tellement remplie d'objets qu'on ne peut même pas voir le fond tapissé de velours.

« C'est encore pire que sa penderie », pense Cendrillon en humant l'odeur de renfermé qui s'échappe de la malle. En poussant un soupir, elle commence à sortir des livres, des parchemins, des capes, des écharpes, des morceaux de nourriture…

— As-tu besoin d'aide? fait une voix derrière elle.

Surprise, Cendrillon se retourne et aperçoit Rose, Blanche et Raiponce.

Ses yeux s'écarquillent.

— Qu'est-ce que vous faites ici? Vous allez être en retard en classe! Vous risquez d'être punies!

— Erreur! dit Raiponce. Nous sommes déjà allées en classe. En voyant que tu n'étais pas là, nous avons pensé que tu avais peut-être un problème. Alors, Rose a fait semblant de se blesser, et nous devons l'accompagner à l'infirmerie.

— C'est drôle, ma jambe va beaucoup mieux, dit Rose avec un petit sourire.

— Il faut quand même aller voir l'infirmière, mais nous avons quelques minutes pour t'aider, dit Raiponce en observant le dégât sur le sol. Qu'est-ce que tu fais, au juste? Et c'est quoi, cette odeur?

— C'est l'odeur d'Anastasie, répond Cendrillon. Elle m'oblige à nettoyer sa malle. Et aussi celle de Javotte. Si je ne le fais pas, elle va me faire punir par ma belle-mère! ajoute-t-elle, la gorge serrée.

— Je n'arrive pas à croire que ces deux affreuses filles font partie de ta famille, dit Raiponce. Peut-être que vivre seule dans une tour n'est pas si mal, après tout.

Blanche Neige examine la malle d'Anastasie.

— Ce n'est pas aussi pire que l'était la maisonnette des nains la première fois que j'y suis entrée, dit-elle d'un air joyeux. Si nous travaillons toutes ensemble, ce sera propre en un clin d'œil.

— Quelle malle appartient à Javotte? demande Rose. Blanche et moi allons la nettoyer pendant que Raiponce et toi vous occupez de celle-ci. Si nous nous dépêchons, nous pouvons terminer à temps pour aller voir l'infirmière avant la fin du cours.

— Merci, dit Cendrillon, encouragée.

Elle désigne la malle de Javotte et les quatre amies commencent à placer les livres et les parchemins en piles bien nettes, à plier les capes et à jeter la nourriture gâtée.

— Quel gaspillage! s'exclame Blanche en montrant une pomme pourrie. Comment peut-on laisser une bonne pomme se gâter ainsi?

— Une pomme pourrie comme Javotte, riposte Raiponce d'un air sombre en déposant un manuel intitulé *Énigmes et devinettes* sur la pile.

Elles ont presque fini quand Rose sort un sac de toile de la malle de Javotte. Le fond du sac est percé et un bout de fourrure noire en dépasse.

— Regardez ça! s'écrie Rose.

Elle plonge la main à l'intérieur du sac et en tire une cape de fourrure noire, dont le col est agrémenté de triangles de fourrure ressemblant à des oreilles.

— Attendez une minute, dit Raiponce. On dirait un costume de loup!

— Le costume de loup qu'une de mes demi-sœurs a porté pendant le cours d'identification des grenouilles! ajoute Cendrillon.

— Voilà la preuve! s'exclame Raiponce. Maintenant,

nous allons pouvoir prendre notre revanche!

Soudain, une sonnerie retentit. Il ne reste que cinq minutes avant la fin du cours!

— Nous trouverons une solution plus tard, dit Rose. Pensons-y ce soir, et nous en discuterons demain.

Elle remet la cape dans le sac et cache ce dernier au fond de la malle.

— Allez vite voir l'infirmière, dit Cendrillon. Je vais terminer toute seule.

— Tu es certaine? demande Blanche.

— Mais oui! dit Cendrillon. Dépêchez-vous, sinon vous allez être en retard!

Chapitre Douze

Raiponce à la rescousse

Le lendemain matin, Rose surveille la porte de la classe. Elle est bien placée pour le faire, car son pupitre se trouve directement en face de la porte, au fond de la classe. Elle a hâte de voir ses amies pour discuter avec elles de la cape de fourrure qu'elles ont trouvée dans la malle de Javotte. Elle est convaincue qu'Anastasie et Javotte ont manigancé bien des mauvais coups, même celui du loup! Ah, que la vengeance sera douce…

— Comment vas-tu te coiffer pour le bal, Belle? demande la princesse assise derrière elle.

Rose est si occupée à surveiller la porte qu'elle ne répond pas.

— Rose? répète la jeune fille.

— Pardon? fait Rose en tentant de cacher son air ennuyé.

Elle n'a pas envie de penser à ses cheveux ou au bal en ce moment! Ah! voilà Raiponce qui entre dans la classe. Mais au lieu de s'approcher de Rose, elle s'assoit à sa place et se met à gribouiller sur un parchemin.

« Elle doit avoir un travail important à finir », se dit Rose.

Blanche arrive à son tour. Elle sourit à Rose et aux autres élèves en leur faisant un signe de la main. Puis elle s'assoit près de la porte. Rose s'apprête à se lever pour aller lui parler quand Cendrillon entre en traînant les pieds, la tête basse, comme un chiot réprimandé. Elle ne regarde personne et va s'asseoir à l'arrière.

« Notre plan va devoir attendre, on dirait », constate Rose en se rasseyant.

Elle est soudain inquiète au sujet de Cendrillon. Même si son amie incline la tête, Rose peut discerner les cernes sombres sous ses yeux. Rose se sent coupable, tout à coup. Elle qui se plaint toujours de ses parents trop protecteurs, des compliments des élèves et des professeures... Il y a fort à parier que personne n'a jamais complimenté Cendrillon. Ses méchantes demi-sœurs lui mènent la vie dure, et pas seulement à l'école. Rose est certaine que la belle-mère de Cendrillon ne l'aime pas comme elle-même est aimée de ses propres parents.

« Je devrais vraiment m'estimer heureuse et arrêter de m'apitoyer sur mon sort », pense Rose.

Elle a envie de se lever et d'aller voir Cendrillon sur-le-champ. Mais avant qu'elle puisse faire un geste, Mme Garabaldi entre dans la pièce et commence à prendre les présences. Puis la porte s'ouvre de nouveau. Un page s'approche de la professeure en trottinant nerveusement et lui tend un rouleau de parchemin.

Rose observe Cendrillon, qui s'affaisse encore plus sur son siège. Un parchemin envoyé en classe signifie généralement que quelqu'un est dans le pétrin. Et comme Cendrillon était absente du cours d'autodéfense hier... Tout cela ne dit rien de bon à Rose.

Cendrillon reste là, immobile comme une statue pendant que Mme Garabaldi lit le message. Celle-ci lève finalement les yeux et fixe Cendrillon par-dessus ses lunettes. En quelques secondes, elle a traversé la pièce et se tient devant le pupitre de la jeune fille.

— Cendrillon Lebrun, dit-elle en regardant la forme prostrée de la jeune fille. On vient de m'informer que vous n'avez pas assisté au cours d'autodéfense hier. Pourriez-vous me dire quel autre rendez-vous urgent vous avez préféré honorer de votre présence?

Cendrillon lève les yeux vers Mme Garabaldi avec une expression désespérée. Mais elle garde le silence.

— Pardon? Je ne vous entends pas, dit la professeure en toisant la jeune fille recroquevillée, la mettant au défi de lui répondre.

De l'autre côté de la pièce, Raiponce ouvre la bouche pour dire quelque chose. Mais elle la referme après un moment. Rose la comprend. Il ne servirait à rien d'exaspérer davantage leur enseignante.

— Je vois, dit cette dernière en se redressant de toute sa taille. Peut-être qu'une double retenue dans la tour vous fera comprendre, ainsi qu'au reste de la classe, qu'il est obligatoire d'assister aux cours dans cette école.

Mme Garabaldi se croise les bras sur la poitrine et

dévisage Cendrillon, qui est à moitié dissimulée sous son pupitre.

— Asseyez-vous convenablement! aboie-t-elle. Une princesse ne s'affale pas ainsi. Même quand on la surprend à désobéir aux règlements!

Rose voudrait se lever et dire à Mme Garabaldi de ne pas être si cruelle. La retenue est déjà une punition suffisante, surtout pour Cendrillon, qui va aussi être punie à la maison. Il n'est pas nécessaire de la tourner en ridicule devant toute la classe.

Mme Garabaldi fait demi-tour et retourne à l'avant de la classe, où elle reprend l'appel des présences. Tous les yeux sont tournés vers Cendrillon. Rose essaie d'attirer l'attention de son amie, mais comprend qu'un sourire ne suffira pas à rasséréner la jeune fille. La pauvre fait tout son possible pour retenir ses larmes. Elle reste immobile, les yeux fixés devant elle, pendant toute la durée du cours.

Enfin, quand la sonnerie retentit, Cendrillon éclate en sanglots et sort de la pièce en courant.

Rose se lève aussitôt, mais elle n'est pas assez rapide. Quand elle sort de la classe, Cendrillon est déjà au bout du couloir, suivie de près par Blanche. Rose soulève ses jupes et se lance à leur poursuite.

C'est alors que Javotte apparaît. Elle se met à gambader derrière Blanche en chantonnant :

— Je suis Blanche Neige! Je passe mes journées avec des nains et des animaux, à gambader dans la forêt!

Rose voit Cendrillon se retourner, les yeux pleins de

larmes et de colère. De toute évidence, sa patience est à bout.

« Surtout, ne fais rien, Cendrillon! pense désespérément Rose. Tu vas t'attirer des ennuis! »

Rose court pour arrêter son amie. Mais un groupe de princesses s'interpose entre elle et Cendrillon.

— Il paraît que tu t'es blessée au cours d'autodéfense, dit l'une d'elles. Est-ce que ça va mieux?

— Je vais très bien, dit Rose d'un ton sec en essayant de se frayer un chemin parmi les princesses. Laissez-moi rejoindre mes amies...

Du coin de l'œil, Rose voit Raiponce surgir de l'attroupement d'élèves. Elle passe son bras sous celui de Blanche, puis, d'un gracieux croc-en-jambe du pied droit, envoie Javotte s'étaler sur le plancher.

— Hé! hurle cette dernière, pendant que Raiponce prend Cendrillon par le bras.

— Venez, les filles! dit Raiponce d'une voix forte. Allons nous amuser en agréable compagnie!

Rose finit par se libérer en écartant deux princesses, juste à temps pour voir Cendrillon, Raiponce et Blanche disparaître par la porte de l'école, bras dessus, bras dessous.

— Aidez-moi! hurle Javotte, étendue par terre.

Rose l'entend à peine. Elle est trop occupée à observer ses nouvelles amies qui s'éloignent sans elle, l'abandonnant seule dans la foule. Encore une fois.

Chapitre Treize
Qui s'y frotte s'y pique

— Penses-tu qu'elle s'est fait mal? demande Blanche en se retournant pour regarder Javotte. Ce sol de pierre est très dur.

— On s'en fiche! réplique Raiponce. Elle se moquait de toi, Blanche. Elle est méchante.

Raiponce entraîne ses deux amies à l'extérieur. Elles descendent les marches et traversent la roseraie.

— Ne vois-tu pas quand une personne est méchante? demande doucement Cendrillon.

— Méchante? répète Blanche. Mais pourquoi une princesse serait-elle méchante? Toutes les princesses doivent être gentilles, non?

Depuis qu'elle s'est sauvée de chez sa belle-mère, Blanche n'a rencontré personne qui ne soit pas gentil. Du moins, pas jusqu'à ce qu'elle fréquente l'École des princesses.

— De toute façon, Javotte est trop méchante pour avoir mal, dit Cendrillon, avançant à grands pas sur la pelouse.

Blanche hoche la tête, mais demeure perplexe. Depuis quand le fait d'être méchant empêche-t-il d'avoir mal? Si c'est vrai, sa belle-mère ne doit jamais éprouver de douleur!

— Vraiment? demande Blanche. On ne peut pas avoir mal quand on est méchant?

— Heu, pas exactement, admet Cendrillon.

Blanche chasse toutes ces questions de son esprit. Elle veut savourer le moment présent. Elle n'est à l'École des princesses que depuis deux semaines, et voilà qu'elle se retrouve dans le jardin avec ses deux nouvelles amies!

— Venez, leur dit Raiponce en les entraînant vers un bâtiment accueillant au toit de chaume. Je veux vous montrer un endroit secret avant le prochain cours.

Blanche retient son souffle. On dirait que Raiponce les conduit vers l'écurie. Quelle chance! Elle a envie de voir où vivent les animaux depuis le début de l'école!

Raiponce pousse l'une des lourdes portes et entraîne ses amies à l'intérieur. Elle pose un doigt sur ses lèvres et demeure immobile un instant pour s'assurer que la voie est libre. Le seul son qui leur parvient est celui des chevaux qui mâchonnent leur foin.

— Tout va bien, dit Raiponce. Il n'y a personne.

Blanche prend une profonde inspiration, et hume l'odeur de la paille fraîche et des chevaux.

— Oh! souffle-t-elle, impressionnée.

L'énorme écurie comprend d'innombrables rangées de stalles de bois peintes de divers tons pastel. Une sellerie bien organisée, de couleur crème, est située près de la porte. Elle contient des selles, des brides et des licous rutilants. Un énorme grenier à foin surplombe la moitié de la surface de l'écurie.

— Regardez ces superbes chevaux! s'exclame Blanche en se précipitant vers une stalle de couleur lavande qui abrite une grande jument alezane. Bonjour, ma jolie, dit-elle en flattant le chanfrein velouté de l'animal.

Elle plonge son regard dans les grands yeux bruns de la jument. Peu importe le temps qu'elle passe en leur compagnie, Blanche est toujours surprise de la douceur qu'elle peut lire dans les yeux des animaux.

— Si j'avais su que j'allais venir ici, je t'aurais apporté une carotte, dit-elle gentiment.

La jument pousse un petit hennissement et touche le bras de Blanche de ses naseaux.

— J'en aurai la prochaine fois, c'est promis, dit la jeune fille avant de se tourner vers ses amies. Je pourrais rester ici toute la journée!

— Moi aussi, dit Raiponce. Mais nous n'avons pas le temps. Viens!

— J'arrive! crie Blanche.

Elle voudrait saluer chaque animal, mais elle sait bien que c'est impossible. Alors, elle dit rapidement bonjour à quelques chevaux et leur promet de leur apporter des gâteries, puis elle va rejoindre ses amies.

— Je suis désolée pour ta retenue, dit Raiponce à Cendrillon. Et je trouve que Mme Garabaldi a été très sévère.

— Peut-être qu'elle n'a jamais mal, dit Blanche en

s'assoyant près de Cendrillon.

Les yeux de cette dernière s'emplissent de larmes.

— Je crois qu'elle m'a prise en grippe, dit-elle d'un air mélancolique. Comme mes horribles demi-sœurs…

Blanche lui serre le bras pour la réconforter.

— Je te comprends. Ma belle-mère était si jalouse de moi que j'ai dû quitter le château de mon père!

— Il m'arrive aussi parfois de vouloir m'enfuir, dit Cendrillon avec un soupir. Mais si je pars, je ne verrai plus jamais mon père!

Blanche a le cœur lourd. Elle sait exactement ce qu'éprouve Cendrillon.

— Cette Javotte mérite bien pire que de tomber en pleine figure, déclare Raiponce pour changer de sujet.

Elle est étendue sur la paille fraîche et contemple les poutres du plafond.

— À qui le dis-tu! dit Cendrillon en brisant un brin de paille entre ses doigts. Et ce que vous avez vu n'est rien du tout. Elle est encore pire à la maison.

Blanche est remplie de compassion. Cendrillon est la plus gentille personne qu'elle ait rencontrée à l'École des princesses. Elle prend la main de son amie :

— Peut-être que tu pourrais venir vivre avec les nains et moi dans la forêt.

Les larmes de Cendrillon coulent de plus belle devant tant de gentillesse.

— Nous devons faire quelque chose au sujet de Javotte, reprend Raiponce en se levant d'un bond pour arpenter la stalle de long en large. Et de son affreuse sœur. Je ne parle pas de toi, Cendrillon, s'empresse-t-elle d'ajouter. Je parle d'Anastasie!

Cendrillon essuie ses larmes et sourit :

— Je sais. Et je sais aussi qu'il faut faire quelque chose. Mais quoi?

Les trois amies restent silencieuses un instant. Tout à coup, elles entendent le son étouffé des sonneries de trompettes annonçant le début du prochain cours.

— Oh, mon Dieu! s'écrie Blanche en se levant d'un bond.

— Je ne peux pas être encore en retard! s'exclame Cendrillon en se levant à son tour. Ils vont m'enfermer!

S'empêtrant dans les jupes les unes des autres, les trois jeunes filles sortent de la stalle, franchissent les portes de l'écurie, traversent la roseraie et grimpent les marches de l'école quatre à quatre.

Ouvrant la porte à la volée, elles entrent en courant dans l'école et... *boum!* heurtent Rose de plein fouet.

Rose est debout, seule dans l'entrée, en train de sucer son doigt. Elle a un regard un peu endormi.

— Oh! Tu t'es fait mal? demande Blanche en retirant le doigt de Rose de sa bouche pour l'examiner.

— Ce n'est rien, dit Rose en bâillant. Seulement une petite piqûre. Je vais bien, ne vous en faites pas.

— Qu'est-ce qui s'est passé? demande Cendrillon. Tu as l'air bizarre.

— Je ne sais pas au juste. J'ai plongé la main dans mon panier à couture, et quelque chose m'a piqué le doigt. C'était une aiguille, je crois, ajoute-t-elle en bâillant et en se frottant un œil. C'est bizarre, parce que je range toujours mes aiguilles dans ma boîte de métal.

Ses trois amies échangent un regard.

— Pensez-vous la même chose que moi? demande Cendrillon.

— Anastasie était très fâchée quand Rose a refusé de l'accompagner la dernière fois, dit Blanche en se remémorant l'air furieux de la jeune fille.

— C'est vrai, dit Cendrillon. Et mes demi-sœurs ne ratent jamais une occasion de se venger.

— Retournons à l'écurie pour décider ce que nous allons faire, suggère Raiponce, déjà prête à repartir.

— Non, dit Cendrillon. Si nous n'assistons pas au cours, nous aurons des ennuis. Mme Garabaldi pourrait même me renvoyer. Et croyez-moi, il n'y a rien qui ferait davantage plaisir à Anastasie et à Javotte.

Chapitre Quatorze

Belle fait un somme

Pendant que ses amies l'entraînent vers le cours de couture, Rose a l'impression d'avoir les membres engourdis. Elle se sent épuisée.

« Comme c'est bizarre, se dit-elle. J'ai tellement sommeil. »

Elle aurait envie de se coucher sur le sol de marbre pour faire une petite sieste, mais elle se force à rester éveillée. « Je dois agir comme si tout était normal, pense-t-elle. Sinon, mes parents vont s'affoler. Et les fées! Elles vont envahir le château si elles croient que quelque chose ne va pas. Elles pourraient même me retirer de l'École des princesses... juste au moment où ça devient intéressant! »

— Rose! Est-ce que ça va?

La voix de Cendrillon lui paraît très éloignée, même si elle est debout auprès d'elle. Rose sent une main se poser sur son bras.

— Ça va, répond-elle. Je réfléchis seulement à ce que je vais dire à Mme Taffetas en arrivant en classe. Elle croit tout ce que je lui dis, ajoute-t-elle en étouffant un bâillement, alors c'est moi qui devrais lui donner des explications.

— D'accord, dit Raiponce quand elles arrivent à la porte de la classe.

Elle tourne son regard vers Rose :

— Tu es sûre que ça va?

— Oh oui! dit Rose en faisant de son mieux pour avoir l'air convaincante.

Rassemblant toutes ses forces, elle se redresse et pose la main sur la porte. Elle prend une profonde inspiration et entre, suivie de ses amies.

Aussi fatiguée qu'elle soit, Rose se rend compte que Mme Taffetas est furieuse. À moins que ce ne soit l'affolement qui altère son visage rond, à l'expression habituellement avenante. Ses yeux gris fixent les jeunes filles d'un air sévère.

— Où étiez-vous? leur demande-t-elle en haussant la voix. J'étais si inquiète que j'étais sur le point d'envoyer un mot à Mme Garabaldi!

Rose entend l'exclamation étouffée de Cendrillon. Elle se précipite aussitôt en avant, et fait une révérence en s'efforçant de ne pas trébucher.

— Je vous prie de m'excuser, madame Taffetas, dit-elle d'une voix princière. Je regrette vraiment d'avoir causé notre retard. C'est que, voyez-vous, je me suis piqué le doigt.

En étouffant un bâillement, elle lève le doigt blessé pour le montrer à l'enseignante.

Mme Taffetas a une exclamation horrifiée. Plusieurs élèves regardent Rose d'un air inquiet.

— Mais qu'est-ce qui s'est passé, Rose? demande la professeure.

— J'étais venue en classe plus tôt pour avancer mon ouvrage, explique Rose, qui se sent presque lucide pour la première fois depuis qu'elle s'est piquée. Mais alors que j'enfilais mon aiguille, je me suis accidentellement piqué le doigt. Je suis allée au petit coin pour le rincer à l'eau claire, et Raiponce, Cendrillon et Blanche ont eu la gentillesse de m'aider et de s'assurer que je revenais en classe sans encombre.

Mme Taffetas inspecte soigneusement la piqûre pour s'assurer qu'elle n'est pas trop profonde. Elle a vraiment l'air inquiète. Rose la plaint. Ce ne doit pas être facile d'avoir constamment Mme Garabaldi sur le dos. Elle attend probablement que les professeures commettent des erreurs, comme elle le fait avec les élèves!

— Eh bien! On dirait que ce n'est qu'une simple piqûre, dit Mme Taffetas d'un ton plus calme. Vous avez bien nettoyé la plaie, mesdemoiselles. Étant donné les circonstances, je veux bien excuser votre retard. Je ne vois aucune raison de rapporter cet incident à Mme Garabaldi.

Cendrillon se détend. Rose sourit à ses amies d'un air endormi. Être le chouchou de la professeure a ses bons côtés! Mais comme le soulagement l'envahit, elle sent une autre vague de torpeur la terrasser. Tout à coup, elle n'a plus la force de lutter. Chaque carré de marbre rose lui semble aussi invitant qu'un oreiller de plumes. Ses paupières sont incroyablement lourdes. Il faut qu'elle dorme.

— Je crois que je vais m'étendre un petit instant, marmonne-t-elle.

Ses membres sont flageolants comme de la gelée. Reconnaissante, elle sent ses trois amies la soutenir et la conduire jusqu'à une pile de gros coussins de velours. Dans un brouillard, elle se souvient d'avoir douté de leur affection. À présent, elle sait qu'elle peut compter sur leur amitié.

— Vous êtes tout à fait certaines qu'elle va bien? demande Mme Taffetas, dont la voix semble provenir de l'extrémité d'un long couloir.

Rose entend la voix de Raiponce dire sans hésiter :

— Bien sûr!

Rose est remplie de gratitude. Raiponce demeure toujours calme, peu importe les circonstances.

— Elle est simplement fatiguée après toutes ces émotions, explique Raiponce.

Rose sourit d'un air endormi. Elle n'est pas certaine que ce soit à cause des émotions, mais elle est fatiguée, il n'y a aucun doute là-dessus.

— Il est évident que Rose est très ébranlée par son accident, dit Mme Taffetas en frappant vivement dans ses mains.

Rose a l'impression que son enseignante se trouve à des centaines de kilomètres, mais cela ne l'inquiète pas. Tout ce qu'elle désire, c'est dormir...

Une douzaine de pages répondent à l'appel de la professeure et entrent en trottinant dans la pièce. Ils décrochent une tapisserie du mur, puis six d'entre eux en tiennent les côtés pour former une espèce de hamac. Les autres y empilent des coussins avant d'y étendre Rose.

Cette dernière est sur le point de sombrer dans le sommeil quand Mme Taffetas envoie un autre page chercher des couvertures.

— Vite! Cette princesse a besoin de repos!

Chapitre Quinze
La robe de bal idéale

La flamme des bougies vacille. Cendrillon se rapproche du candélabre. Elle n'a pas de mal à voir dans la pénombre, car elle est habituée à sa chambrette sombre. Elle espère cependant que les flammes réchaufferont ses doigts gelés pendant qu'elle se dépêche de terminer l'ourlet de sa robe de bal.

En dépit du froid et de l'obscurité, Cendrillon est exceptionnellement heureuse. Aucun parchemin n'a été envoyé à la maison pour prévenir sa belle-mère de sa double retenue dans la tour. Et cette punition n'a pas été si pénible, après tout. Cendrillon en a profité pour faire ses devoirs. Elle a presque réussi à rattraper son retard! Et comme Kastrid a récemment pris l'habitude de faire une sieste l'après-midi, elle ne s'est même pas aperçue que Cendrillon est rentrée tard. Rose a adroitement réussi à les tirer d'affaire pendant le cours de couture et, ce qui est encore plus incroyable, Javotte et Anastasie n'ont pas soufflé mot de ses problèmes à l'école ces deux derniers jours. Ses demi-sœurs ne parlent que du bal et de leur boîte de scrutin magnifiquement décorée.

« Qui sait? Elles ne sont peut-être pas au courant de ma retenue », pense Cendrillon, bien que ce soit peu probable. Elle connaît bien Javotte et Anastasie. Ses demi-sœurs se doutent sûrement qu'elle a trouvé leur déguisement de loup. Elles doivent garder le petit secret de Cendrillon pour le moment, avec l'intention de la faire chanter plus tard si elle voulait les dénoncer.

Mais ce n'est pas important. Cendrillon est trop heureuse pour laisser les manigances de ses demi-sœurs gâcher son humeur. Avec un sourire radieux, elle termine l'ourlet, noue le fil, puis le coupe avec ses dents. Elle suspend la robe bleu nuit devant la fenêtre et déploie la somptueuse étoffe de la jupe. Avec les étoiles qui scintillent en arrière-plan, la robe a un effet magique. Elle est parfaite.

En contemplant sa belle robe de bal, Cendrillon éprouve un peu ce que Blanche, elle, doit éprouver tout le temps. Sans même y penser, elle tape des mains et commence à fredonner. Elle se sent si bien qu'elle se met à danser dans sa chambre minuscule, imaginant le plaisir qu'elle aura au bal. Elle a des amies, elle a une robe et elle a des chaussures (qu'est-ce que cela peut faire si elles sont remplies de papier et la font trébucher? Elles sont quand même magiques!). C'est trop beau pour être vrai.

VLAN! La porte de la pièce s'ouvre brusquement, frappant le mur de pierre. Javotte se tient dans l'embrasure, essoufflée d'avoir grimpé les marches et tenant un jupon déchiré à la main – afin que Cendrillon le raccommode, sans doute. Ses yeux en boutons de bottine s'arrondissent quand elle voit Cendrillon danser.

Cette dernière s'efforce aussitôt d'avoir l'air très malheureuse. Effaçant le sourire de son visage elle s'écroule en soupirant à côté du tas de vêtements à repriser. Javotte prendrait encore plus plaisir à la tourmenter si elle savait qu'elle est heureuse.

— Qu'est-ce qui se passe, ici? demande Javotte, hors d'haleine, en entrant dans la pièce avec son jupon. Je t'apportais ce vêtement pour que tu le raccommodes, et j'ai cru entendre chanter...

Elle promène son regard dans la pièce comme si elle s'attendait à trouver une chorale dans un coin.

— Ce devait être le vent, dit Cendrillon en baissant les yeux et en prenant un air abattu. Ma fenêtre ne ferme pas bien, ajoute-t-elle en désignant la fenêtre, et parfois...

Elle s'interrompt en s'apercevant qu'elle vient de commettre une terrible erreur. Le regard de Javotte se pose sur sa robe, suspendue devant la fenêtre.

Cendrillon ne peut que retenir son souffle et attendre de voir ce que Javotte va faire.

— Elle est parfaite... souffle sa demi-sœur.

On dirait que le compliment de Javotte est sincère. Elle se frotte les mains comme pour les réchauffer avant de les poser sur le beau tissu de velours.

Cendrillon tressaille.

— Je, heu, je l'ai faite moi-même, explique-t-elle.

— Elle sera superbe pour le bal, dit Javotte. Sur moi,

bien entendu. N'est-ce pas qu'elle va bien avec mes yeux? ajoute-t-elle en drapant la jupe sur sa poitrine. Avec cette robe, je suis certaine d'être couronnée!

Si elle n'était pas complètement atterrée, Cendrillon éclaterait de rire. Le magnifique bleu de la robe va peut-être bien avec les yeux de Javotte, mais ceux-ci sont tellement petits que personne ne peut en voir la couleur. Et quant à l'idée de quelqu'un votant pour Javotte... c'est vraiment trop ridicule.

— Tu ne porteras pas cette robe, déclare Cendrillon, faisant appel à tout son courage. C'est moi qui vais la porter. Je l'ai faite pour moi.

Elle va décrocher la robe et la serre sur sa poitrine.

— Toi? se moque Javotte. Tu ne vas même pas au bal!

— Oui, j'y vais, dit Cendrillon. Père l'a dit. Ta mère est d'accord.

Un sourire se dessine lentement sur le visage de Javotte. Elle ressemble de plus en plus à Kastrid.

— Ça, c'était avant que je lui parle de tes ennuis à l'école, chère Cendrillon.

— Tu n'as pas fait ça! dit Cendrillon en se laissant tomber sur son lit de bois inconfortable.

— Bien sûr que je l'ai fait! dit Javotte en tendant la main vers la robe. Je ne voulais pas que tu nous fasses honte au bal. Et ne t'inquiète pas, Mère va trouver une punition qui te persuadera de ne plus manquer de cours à l'avenir.

Javotte agite impatiemment la main, attendant que Cendrillon lui donne la robe.

— Si je ne peux pas la porter, tu ne la porteras pas non plus, déclare Cendrillon en reculant à l'autre bout de la pièce. Je pourrais raconter certaines choses à ta mère, tu sais... comme ce qu'on a trouvé dans ta malle!

— Je dirai que tu mens! crie Javotte.

— Mes amies étaient avec moi! crie Cendrillon à son tour.

— Je dirai à maman que c'est toi qui l'as mis là! riposte Javotte, furieuse, en tapant du pied.

Sa figure est marbrée de rouge. Elle s'avance vers Cendrillon.

— Ça suffit!

Une silhouette imposante vient d'apparaître dans l'embrasure de la porte. Javotte et Cendrillon se taisent. Kastrid est arrivée si soudainement que Cendrillon ne sait pas ce qu'elle a entendu au juste. Ni ce qu'elle va dire. Kastrid fait un pas en avant dans la chambrette, dont elle semble occuper tout l'espace. Derrière elle, Anastasie avance la tête, ne voulant rien manquer.

— Vous savez que je ne tolère pas les chamailleries, dit Kastrid à voix basse, les yeux clos.

Puis, sans aucun avertissement, elle explose comme un volcan :

— ALORS, DITES-MOI CE QUI SE PASSE!

— Maman, elle ne veut pas que je porte cette robe, gémit Javotte en désignant la robe que tient Cendrillon, avant de s'essuyer le nez sur sa manche.

— Mais bien sûr qu'elle veut, dit Kastrid, dont la voix est redevenue douce et mielleuse.

Elle tend sa longue main en direction de Cendrillon, qui n'a d'autre choix que de lui remettre la robe. Même si Cendrillon a menacé Javotte de la dénoncer, au fond, elle sait que c'est inutile. Kastrid croira ce qu'elle veut, et ce sera sûrement les mensonges de sa fille. Même le père de Cendrillon est impuissant lorsqu'il s'agit de confronter sa femme. Quand Kastrid est présente, Javotte et Anastasie obtiennent toujours ce qu'elles veulent.

Kastrid tient la robe à bout de bras pour l'examiner. Elle fait glisser l'étoffe entre ses doigts et un petit sourire se dessine sur ses lèvres.

— Elle est à m-m-moi, balbutie Cendrillon. Je l'ai faite moi-même.

— Avec quel tissu? demande lentement Kastrid en se tournant pour planter son regard dans celui de la jeune fille.

Cendrillon est prise au piège. Elle sait que sa belle-mère va l'accuser d'avoir volé le tissu. Ce n'est pas que Kastrid avait l'intention d'utiliser les retailles, qu'elle considérait comme des bouts de tissu inutiles. Mais l'étoffe n'appartenait pas à Cendrillon. La jeune fille baisse la tête dans l'attente d'une réprimande.

La réaction de sa belle-mère la surprend :

— Ce n'est pas grave, dit Kastrid en tendant la robe à Javotte, pendant qu'Anastasie s'approche pour la voir de plus près. Ce n'est pas grave, Cendrillon, car tu n'iras pas au bal.

— Mais vous aviez dit… proteste Cendrillon, bien

qu'elle sache que ce soit sans espoir.

— J'avais dit que tu irais si tout allait bien à l'école, dit Kastrid d'un air désapprobateur. Or, tes sœurs m'ont informée que ce n'est pas le cas. Je ne peux pas dire que je sois surprise. J'espère seulement que ton père n'aura pas trop honte si tu te fais renvoyer.

Cendrillon a le visage rouge de colère. Comment sa belle-mère ose-t-elle mentionner son père? Il n'aura jamais honte d'elle! Elle ne sera jamais renvoyée de l'École des princesses! Après tous les mauvais coups qu'ont fomentés Javotte et Anastasie, ce sont *elles* qui devraient être renvoyées.

Cendrillon a envie de crier à sa belle-mère : « Vous devriez avoir honte! Regardez vos filles! Ce sont d'affreuses sorcières, qui devraient aller à l'école Grimm! »

Mais elle ne parvient qu'à marmonner :

— La robe n'est pas à la taille de Javotte.

En effet, sa demi-sœur est beaucoup plus grande et corpulente qu'elle.

— Eh bien, tu n'auras qu'à l'ajuster! dit sa belle-mère en jetant la robe sur le lit de Cendrillon. Et assure-toi de la terminer à temps pour le bal.

Là-dessus, Kastrid tourne les talons et sort de la pièce.

Anastasie semble sur le point de se rouler par terre d'hilarité. Javotte sourit.

— Je vais aussi avoir besoin de ce jupon, dit-elle en lançant le vêtement déchiré sur le lit, du même geste que sa mère. Il me le faut pour demain.

101

Elle sort ensuite de la pièce avec sa sœur.

Cendrillon s'écroule sur son lit. Ses demi-sœurs ont claqué la porte en sortant, mais elle peut entendre leur ricanement méchant par-dessus ses propres sanglots.

Chapitre Seize

Plan d'urgence

— Je devrais me faire transférer à ton école, dit Stéphane d'un air sérieux. Il n'y a rien d'excitant à l'École de charme. On n'y parle que de codes et de chevalerie.

— Et je ne t'ai pas tout dit, continue Raiponce en ramassant un caillou plat sur le sentier près de l'étang. Nous sommes presque certaines que les horribles demi-sœurs de Cendrillon sont responsables des douches froides, de l'incident du petit pois et de l'affaire du loup. Ces filles sont incroyables. Ce sont des répliques miniatures de Mme Gothel!

Raiponce lance le caillou sur l'eau calme de l'étang. Il ricoche une, deux, puis trois fois avant de s'enfoncer. Elle prend plaisir à impressionner Stéphane avec ses histoires. Il se passe tellement de choses à l'École des princesses.

— Je crois que ce sont elles qui ont mis une aiguille dans le sac de Rose. Heureusement, elle ne s'est pas blessée gravement.

Stéphane fait ricocher un caillou sans même regarder le nombre de rebonds.

— Belle s'est blessée? demande-t-il, inquiet, en saisissant le bras de Raiponce. Qu'est-ce qui s'est passé? Est-ce que c'est grave?

— Elle va bien, dit Raiponce en dégageant son bras. Elle est fatiguée, c'est tout. Pourquoi me demandes-tu ça? ajoute-t-elle en plissant les yeux. C'est ton nouveau côté chevaleresque? Elle s'est seulement piqué le doigt, après tout!

Raiponce ramasse ses livres et s'éloigne de Stéphane, reprenant sa marche vers l'école. Elle est contrariée. Stéphane semble s'intéresser un peu trop à Rose. Il est fasciné par ses moindres gestes. Mais il a peut-être raison de s'inquiéter. Il a été très difficile de réveiller Rose après le cours de couture. Et hier, elle s'est endormie dans chacun de ses cours. Depuis deux jours, elle a du mal à se tenir droite. Sa tête oscille comme celle d'un diable à ressort, et ce n'est pas joli à voir.

— Attends! lance Stéphane en courant derrière elle. Ne sois pas jalouse.

— Pfff! fait Raiponce.

Jalouse de quoi? Rose est encore plus prisonnière qu'elle. Ses parents la couvent excessivement. Ils l'accompagnent le matin à l'école et l'attendent toujours à la sortie des classes. Ils insistent pour qu'elle porte de ridicules vêtements protecteurs. Rose lui a même confié que des fées l'espionnaient probablement pendant la journée. Selon Raiponce, être l'objet de tant de sollicitude est encore pire que d'être enfermée seule dans une tour. Tout le monde est toujours si inquiet pour Rose.

Raiponce marche plus vite, puis se met à courir.

— Hé! crie Stéphane. Attends!

La jeune fille lui envoie la main sans ralentir. Elle veut arriver tôt à l'école. Elle a des choses à discuter avec Cendrillon, Blanche et Rose.

Raiponce scrute la foule en traversant le pont-levis. Elle aperçoit Blanche. Cette dernière, qui l'a vue arriver, lui fait signe et gambade dans sa direction en souriant. Raiponce lui répond d'un signe de tête, mais sans sourire. Elle est trop inquiète. Et si l'état de Rose avait empiré après l'école, hier?

Elle est soulagée en voyant Rose de l'autre côté du pont. La jeune fille a une tasse de thé dans les mains et tente de repousser ses parents et ses fées. Elle a l'air fatiguée, mais semble bien vivante.

Rose l'a aperçue. En la voyant écarter gentiment ses fées pour rejoindre son amie au pied des marches, Raiponce comprend Stéphane d'avoir un faible pour la jeune fille. En plus d'être belle, elle est gentille. Tout comme ses deux autres amies, Blanche et Cendrillon.

Au fait, où est Cendrillon? Raiponce regarde au-delà du pont, sur le sentier boueux, et voit une silhouette solitaire s'avancer très lentement vers l'école. C'est Cendrillon. Les jupes de la jeune fille traînent dans la boue et elle a la tête tellement basse, qu'il est surprenant qu'elle ne soit pas aussi maculée de boue que ses jupes.

Sans un mot, Raiponce s'avance dans la direction de son amie, suivie de Blanche. Rose, qui a réussi à s'éloigner de ses parents, s'appuie contre la chaîne du pont-levis.

— Je vais me reposer un instant, dit-elle d'une voix endormie. Je vous rattraperai.

Cendrillon a l'air encore pire de près que de loin. Elle a les yeux rougis d'avoir pleuré. Ses cheveux sont en broussaille, même aux yeux de Raiponce, peu exigeante à cet égard. Et son dos est si courbé qu'elle semble porter tout le poids du monde sur ses épaules.

« Pauvre petite, pense Raiponce en s'approchant de son amie. Elle retrouve chaque soir Javotte et Anastasie. Sans oublier sa belle-mère! »

Cendrillon trébuche dans ses souliers bourrés de papier, manquant de tomber dans les ornières du sentier. Raiponce et Blanche s'approchent juste à temps pour la soutenir.

— Je ne pourrai pas aller au bal, sanglote-t-elle. Javotte… a dit…

Elle pleure tellement qu'elle a du mal à parler. Il lui faut plusieurs minutes pour raconter toute l'histoire. Quand elle a terminé, Raiponce est furieuse. Même Blanche a l'air fâché.

— Comment osent-elles? dit Blanche, abasourdie. Et pourquoi? C'est tellement… tellement méchant!

— C'est vrai, dit Raiponce en entraînant ses amies vers le pont, où Rose semble dormir debout. Je crois

106

qu'il est temps que quelqu'un leur apprenne à être gentilles. Très gentilles.

— Bonne idée! gazouille Blanche.

Raiponce mâchonne sa tresse. Cendrillon hoche la tête et Raiponce voit dans ses yeux qu'elle est prête à riposter, à tout prix.

Les trompettes retentissent. Aussitôt, les princesses soulèvent leurs jupes et entrent à l'intérieur.

Raiponce a la tête qui tourne. Il ne reste que deux jours avant le bal. Il n'est pas question que Cendrillon rate cette occasion, ni que ses demi-sœurs en profitent! Il va falloir agir sans délai.

— Réveille-toi, Rose, dit Raiponce en donnant un petit coup de tresse à la jeune fille.

— Je vais bien, je vais bien, dit cette dernière, réveillée en sursaut.

Se redressant, elle renverse un peu de thé.

— Je suis contente de l'apprendre, dit Raiponce. Parce que nous avons besoin de ton aide. Il faut trouver un plan, dit-elle en rassemblant ses amies en cercle. C'est urgent!

Chapitre Dix-sept
Opération sauvetage

Cendrillon jette un coup d'œil par la petite fenêtre, à l'étage supérieur du manoir de son père. Pour une fois, elle est heureuse que Kastrid l'ait installée dans la tourelle au-dessus de la cuisine, loin des autres chambres de la maison. La fine silhouette qui gravit le mur extérieur pierre par pierre ne risque donc pas d'être vue. Il fait si noir que Cendrillon a peine à discerner Raiponce.

— Es-tu toujours là? souffle-t-elle dans l'obscurité.

— Bien entendu! dit Raiponce.

Sa tête apparaît juste au-dessous de la fenêtre. Elle passe une jambe par-dessus le rebord.

— Pourriez-vous me donner un petit coup de main, damoiselle en détresse?

Cendrillon éclate de rire.

— Mon héroïne! lance-t-elle en aidant Raiponce à franchir la petite fenêtre.

Raiponce tombe sur la petite carpette nouée que Cendrillon a méticuleusement confectionnée avec des retailles de tissu.

— Ouf!

Cendrillon regarde son amie. Elle est clouée au sol par le lourd sac noué autour de sa taille. Même dans cette pose peu élégante, Raiponce a un air princier, avec sa superbe robe de velours vert sombre, aux manches agrémentées de rubans dorés.

— Ce n'est pas le temps de se pâmer, princesse! dit Raiponce en se levant d'un bond. Nous avons du travail à faire avant d'aller au bal. À toi de jouer! dit-elle en lui tendant le sac et en se postant à la fenêtre. Je vais surveiller l'arrivée de notre prince.

Cendrillon sent son cœur battre dans sa poitrine. Elle n'a jamais rien fait d'aussi dangereux, ni d'aussi amusant.

Transportant le sac sur son épaule comme un ballot de vêtements sales, elle descend l'escalier sur la pointe des pieds et se rend jusqu'au cabinet de toilette de ses demi-sœurs.

Une fois là, Cendrillon aperçoit sa robe de bal, toute prête. Elle a passé des heures à défaire les coutures et à les refaire pour Javotte. Et comme sa sœur va au bal dans une toilette toute neuve, Anastasie a ordonné à Cendrillon d'embellir aussi sa robe en y ajoutant des rubans et de la dentelle. Cendrillon a soigneusement pris les mesures de ses demi-sœurs.

— Mère dit toujours qu'une toilette doit être bien ajustée, leur a-t-elle dit.

— Exactement, a dit Anastasie d'un ton sec. Alors, ne fais pas d'erreurs, espèce d'idiote!

Cendrillon est certaine de ne pas avoir fait d'erreur.

Les robes vont leur aller comme si elles avaient été cousues sur elles. Elles vont leur... couper le souffle. Littéralement. Elles vont être si serrées que ses demi-sœurs ne pourront pas respirer convenablement. Mais Cendrillon sait qu'Anastasie et Javotte seront trop vaniteuses pour admettre que leur robe les étouffe. Au contraire, elles vont souffrir toute la soirée sur la piste de danse, haletantes et essoufflées. Cendrillon a envie de glousser devant sa propre sournoiserie. Et les robes ne sont qu'une partie du plan.

Cendrillon avait déjà disposé les chaussures de ses demi-sœurs sous chaque toilette. À présent, elle les remplace par des paires identiques, mais de deux tailles plus petites.

Les chaussures sont l'idée de Raiponce. Mais c'est Blanche qui a permis de la mettre à exécution. Les nains ont des amis farfadets qui fabriquent des chaussures. Ils ont confectionné des répliques, en échange de quelques délicieuses tartes de Blanche. Cendrillon passe un doigt sur le cuir souple et a un petit rire. Les farfadets ont fait du beau travail.

Elle se penche pour ramasser les anciennes chaussures d'Anastasie et Javotte, quand elle sent le sac de Raiponce lui cogner la jambe. Il y a autre chose à l'intérieur. Elle fouille dans le sac et y trouve une paire de ravissantes chaussures de suède dorées, ornées de minuscules rosettes sur les côtés. Elles sont exactement à sa taille. Cendrillon en a le souffle coupé. Seraient-elles pour elle?

110

Retirant l'une de ses chaussures de verre trop grandes, Cendrillon glisse le pied dans la chaussure de suède souple. Elle lui va comme un gant. Elle essaie l'autre et se regarde dans le miroir en pied. Les chaussures sont tout à fait ravissantes, et aussi confortables que de vieilles pantoufles.

La jeune fille ramasse les chaussures de ses demi-sœurs et les met dans le sac avec ses chaussures de verre. Puis elle jette un dernier coup d'œil dans la glace pour admirer ses chaussures dorées... quand soudain, elle voit la porte s'entrouvrir!

Elle sort silencieusement par la porte de service en remerciant Blanche dans son for intérieur. Si elle avait porté ses chaussures de verre, elle aurait sûrement été prise sur le fait!

Elle remonte à sa chambre, où elle trouve Raiponce qui l'attend, en marchant de long en large.

— Ta chambre n'est pas mieux que la mienne, dit Raiponce. Elles sont jolies, n'est-ce pas? ajoute-t-elle en regardant les nouvelles chaussures de son amie.

— Ravissantes, dit Cendrillon avec un sourire radieux.

— Est-ce que tes sœurs sont en train de se préparer?

— Elles arrivaient dans leur cabinet de toilette quand je suis partie. J'ai failli me faire prendre!

Cendrillon se sent à la fois nerveuse et ravie. Raiponce et elle gloussent nerveusement. Elles ne tiennent pas en place. Cendrillon a hâte de voir le résultat de son travail, mais elle doit faire preuve de beaucoup de patience.

Finalement, elle aperçoit une lueur à l'extérieur. Un instant plus tard, un objet brillant envoie un reflet lumineux dans sa fenêtre. C'est le signal convenu.

Javotte et Anastasie sont parties en carrosse. La voie est libre.

Raiponce prend un miroir à main dans sa poche et l'utilise pour répondre au signal. Puis elle déroule sa très longue tresse et en attache l'extrémité autour de la taille de Cendrillon. Après avoir aidé son amie à sortir par la fenêtre, Raiponce enjambe le rebord à son tour.

Cendrillon a le vertige en se retrouvant à l'extérieur.

— Vas-y doucement, conseille Raiponce d'une voix rassurante. Tâte les pierres avec tes orteils et tes doigts, et ne te déplace pas, tant que tu n'as pas une bonne prise. Et ne t'en fais pas. Mes cheveux vont te retenir!

— À gauche! lance Stéphane d'en bas, en les éclairant avec sa lumière pour les aider.

— Ne l'écoute pas, dit Raiponce. Il ne sait même pas grimper aux arbres!

— Hé! Je t'ai entendue! proteste Stéphane.

La descente est plus facile que Cendrillon ne l'aurait cru. Enfin, elle atterrit sur le sol d'un bond. Elle se sent euphorique.

— Cendrillon, je te présente Stéphane. Stéphane, voici Cendrillon, dit Raiponce en nouant de nouveau ses cheveux en torsade.

— Enchanté, dit Stéphane en prenant la main de Cendrillon et en s'inclinant.

Il porte des hauts-de-chausses de velours caramel, ainsi qu'une tunique et une cape de couleur bordeaux.

— Moi de même, dit Cendrillon avec un petit rire.

Stéphane l'aide à monter sur son cheval. Une fois que Cendrillon est assise en amazone sur la selle, le jeune prince monte derrière elle et tend la main à Raiponce. La jeune fille refuse son aide. Posant une main sur le pommeau, elle prend appui sur une roche et saute en selle derrière Stéphane. Cendrillon remarque pour la première fois que les jupes de son amie sont fendues comme des pantalons. La fente est ingénieusement dissimulée par les plis. Pas bête.

— En avant! lance Raiponce quand ils sont tous trois en selle.

Stéphane donne un petit coup avec les rênes. Cendrillon s'agrippe à la crinière de l'animal, qui s'élance au galop sur la route obscure, en direction de l'École des princesses et du bal du couronnement.

Les tours de l'école sont illuminées par la lumière des flambeaux. Des drapeaux dorés flottent au sommet des tourelles. Tous les pages, gardes et trompettistes, vêtus de violet et de doré, forment une longue file menant à l'entrée de l'école. La soirée s'annonce magique.

Toujours sur le cheval au galop, Cendrillon aperçoit des princes et des princesses qui arrivent dans leurs beaux carrosses. Même leurs chevaux sont élégants, la tête ornée de plumets et le licou décoré de clochettes d'argent.

Contournant l'école, Stéphane fait tourner sa monture et la pique de ses éperons. La bête accélère l'allure. Avant que Cendrillon ait le temps de pousser un cri, l'animal traverse les douves et fonce vers l'écurie. Une fois à l'intérieur, Cendrillon se laisse glisser sur le sol couvert de paille avec un sourire épanoui. C'est déjà l'une des plus belles soirées de sa vie.

— Vous avez réussi! lance Blanche.

Elle donne un coup de coude à Rose pour la réveiller, puis la tire hors de la stalle où elles s'étaient dissimulées toutes les deux. Blanche et Rose sont vraiment ravissantes. La robe rouge de Blanche est de la même couleur que ses lèvres rubis et contraste si élégamment avec son teint d'albâtre qu'on oublie que l'ourlet est trop court et l'encolure, démodée. Quant à Rose... Sa robe de satin lavande est couverte de minuscules perles opalines. Cendrillon constate que Stéphane semble trouver Rose à son goût. Il la regarde fixement, la bouche entrouverte.

— Tu devrais t'occuper de Roi, dit Raiponce en donnant un petit coup de pied sur le tibia du jeune prince. Tu sais, ton cheval?

Stéphane détourne les yeux et ferme la bouche.

— Oui, bien sûr, dit-il. Je vous reverrai plus tard au bal, mesdemoiselles.

— As-tu trouvé les chaussures? demande Blanche.

— Oh oui! Elles sont superbes! s'exclame Cendrillon en soulevant sa robe en loques pour lui montrer les chaussures. Merci beaucoup!

— Regarde, Cendrillon! dit Blanche. Rose et moi

t'avons apporté des robes!

Cendrillon voit deux toilettes de bal suspendues à côté des brides. Elle reconnaît aussitôt celle de Blanche. Le haut col raide et blanc est un indice qui ne trompe pas. Peut-être que Blanche peut se permettre ce style avec sa peau claire, ses yeux sombres et ses lèvres vermeilles, mais les traits délicats de Cendrillon seraient perdus dans toute cette blancheur.

L'autre robe appartient à Rose. Elle est d'un bleu très pâle, avec des reflets dorés, comme un ciel d'été couvert d'une fine couche de nuages laissant deviner les rayons du soleil.

— Tu dois porter cette robe, dit Rose en bâillant, assise sur une botte de foin. Sur toi, elle aura une allure royale.

Raiponce exprime son accord.

Cendrillon enfile la robe.

Une fois les minuscules boutons attachés dans le dos, Cendrillon tourne lentement sur elle-même pour montrer la robe à ses amies.

— Oh! s'écrie Blanche, qui ne trouve rien d'autre à dire.

La robe lui va à ravir.

— Et ses cheveux? dit Raiponce en haussant un sourcil.

Cendrillon remarque que la chevelure acajou de Raiponce est soigneusement coiffée. Sa longue tresse est composée de minuscules tresses nattées ensemble, puis enroulées à l'arrière de sa tête comme un chignon.

L'extrémité de la tresse (il est impossible de tout faire entrer dans le chignon) est nouée par un ruban du même vert que sa robe. Quelques boucles folles encadrent son visage. Où est passée la fille qui s'ennuyait dans le cours Glace et reflets? De toute évidence, elle s'est exercée à faire plus que des signaux lumineux avec son miroir à main!

— J'ai une idée, dit Raiponce en faisant asseoir Cendrillon sur une botte de foin.

Elle prend la brosse de Rose, puis commence à coiffer les cheveux blonds de Cendrillon. Pendant ce temps, Rose pince les joues de la jeune fille pour leur donner un peu de couleur, puis, d'un air languissant, la pare de bijoux et l'aide à enfiler ses gants. Enfin, elle passe un ruban de satin autour de son corsage. Cendrillon se sent comme une reine pendant que ses amies s'affairent autour d'elle.

— Je crois que ça y est, dit Rose avec un énorme bâillement.

Raiponce laisse retomber quelques mèches de chaque côté du visage de Cendrillon, puis sourit en admirant son travail.

Cendrillon se lève et fait face à ses amies. L'étoffe de sa robe luit dans la lumière des lanternes suspendues devant les stalles. Ses cheveux remontés en chignon lâche dégagent son visage radieux. Elle est éblouissante.

Blanche, Raiponce et Rose retiennent leur souffle. Elles ne peuvent pas s'empêcher de regarder fixement Cendrillon.

— Qu'est-ce qu'il y a? demande celle-ci en baissant les yeux sur sa robe chatoyante. Est-ce que je l'ai salie? Elle ne me va pas bien?

— Non! C'est seulement que... tu es tellement belle! s'exclame Blanche.

Rose et Raiponce hochent la tête pour signifier leur accord.

— Tiens, dit Raiponce en tendant son miroir à Cendrillon. Regarde toi-même.

Cendrillon contemple son image pendant un long moment. Des boucles qui lui retombent sur le front jusqu'au bout de ses orteils, elle se sent belle. Belle non pas comme une princesse, mais comme une reine. Comme une reine qui va faire son entrée au bal!

Elle regarde ses amies, la gorge serrée et les yeux pleins de larmes.

— Merci, dit-elle, reconnaissante, en se précipitant pour les serrer dans ses bras. Je n'y serais jamais arrivée sans vous!

Chapitre Dix-huit

Le bal

Les quatre jeunes filles sortent de l'écurie en souriant. La main dans la main, elles traversent les jardins et se dirigent vers le château.

— Nous devons entrer par la porte principale, dit Raiponce en les entraînant vers le muret qui sépare la roseraie de l'entrée. Comme ça, tout le monde pourra admirer la belle princesse.

Elle fait un clin d'œil à Cendrillon, et les quatre amies éclatent de rire. Cendrillon est radieuse. Elle se sent vraiment comme une reine.

Les amies contournent le mur, et Cendrillon est encore une fois impressionnée par le magnifique spectacle qu'offre le château illuminé. Les drapeaux des tourelles flottent doucement dans la brise nocturne. Les flammes des torches vacillent, projetant des ombres sur les murs. C'est une vision grandiose.

Les jeunes filles s'engagent sur le pont-levis en entraînant Rose. Cendrillon constate que son amie dort pratiquement debout.

— Est-ce que ça va, Rose?

Cette dernière bâille, mais ouvre grand les yeux.

— Je vais très bien, déclare-t-elle, le regard vague.

Les quatre amies soulèvent leurs jupes pour gravir les marches. Plusieurs pages baissent leur trompette pour les regarder passer. Cendrillon, croyant d'abord qu'ils admirent tous Rose, se rend compte que certains d'entre eux semblent regarder dans sa direction.

« Est-ce possible? » se demande-t-elle, intimidée, en entrant dans le château. Elle a l'impression de rêver. Comment Kastrid réagirait-elle si elle la voyait? Cendrillon sourit rien qu'à y penser. Pour une fois, sa belle-mère serait sans voix!

Une fois à l'intérieur, les amies se dirigent vers la salle de bal. Après avoir franchi les doubles portes ouvragées, elles s'immobilisent pour admirer le spectacle qui s'offre à leurs yeux.

Le sol de marbre poli est étincelant. Des banderoles de soie colorées ornent les murs et les colonnes. Au bout de la pièce, une longue table est couverte de viandes, de pâtisseries et de boissons. À l'autre extrémité, un orchestre joue une valse entraînante sur une petite scène surélevée. À la droite de celle-ci se trouve la boîte de scrutin, décorée de façon plutôt voyante avec de multiples boucles et rubans.

« Je reconnais le travail de Javotte et d'Anastasie », pense Cendrillon avec ironie.

— Dansons! s'exclame Blanche en attirant ses amies vers la piste de danse, où de nombreux princes et princesses sont déjà en train de valser.

— Je voudrais bien, dit Rose en bâillant, mais je dois me reposer un peu…

— Je t'accompagne, propose Cendrillon.

— Je vais rester avec Rose, dit une voix derrière eux.

C'est Stéphane. Cendrillon avait oublié qu'il devait les rejoindre.

— Évidemment! dit Raiponce en levant les yeux au ciel.

— C'est merveilleux! lance Blanche en passant le bras de Rose sous celui de Stéphane. Venez, les filles!

Un peu ennuyée, Raiponce se laisse entraîner vers la piste de danse. Aussitôt, les trois amies commencent à se mouvoir gracieusement au rythme de la musique. Du moins, c'est ce que font Cendrillon et Raiponce. Blanche a un style bien à elle, qui comprend maints sautillements et battements de bras.

« Je me demande si ce sont les cerfs et les oiseaux qui lui ont montré à danser », se dit Cendrillon en souriant.

— Beau style, dit Raiponce d'un air narquois.

— Tu trouves? demande Blanche en sautillant comme un lapin. Je me suis exercée avec les animaux!

— C'est très original, dit Raiponce en souriant affectueusement à son amie.

Cendrillon ne peut s'empêcher de rire. Blanche est parfois un peu ridicule, mais c'est la plus gentille personne que Cendrillon connaisse, et elle ne cesse de la surprendre.

— Excusez-moi, fait une voix derrière elle. Voulez-vous m'accorder cette danse?

Cendrillon pivote sur elle-même et se retrouve face à un beau prince aux yeux bleus, élégamment vêtu. Elle est tellement surprise qu'elle en demeure muette. Est-ce à elle que ce prince s'adresse?

Blanche a un petit gloussement. Le prince tend la main à Cendrillon :

— Je m'appelle Antoine. Et je serais comblé si vous acceptiez de danser avec moi.

Cendrillon hoche la tête en rougissant et prend la main du jeune homme. Pendant qu'il l'entraîne, elle voit les visages souriants de ses amies au passage. Elle se sent étourdie, comme si elle allait s'évanouir. Mais il ne faut pas : elle ne veut rien manquer!

Antoine est un merveilleux danseur. Cendrillon se sent légère et gracieuse dans ses bras. La tête de la jeune fille tourne plus vite que ses pieds sur le sol. À danser ainsi, dans la salle de bal de l'École des princesses, entourée de ses amies, elle se sent tout à fait à l'aise. Elle se sent… à sa place.

Quand la mélodie prend fin, Cendrillon soupire. Elle ne veut pas que cette nouvelle sensation disparaisse. Elle accepte donc joyeusement quand Antoine lui propose une autre danse.

Après trois danses avec Antoine, un autre garçon s'interpose.

— Je peux avoir mon tour? demande-t-il gentiment.

Antoine fait signe que oui, s'incline devant Cendrillon et s'éloigne.

— Je m'appelle Sébastien, dit le nouveau venu.

Il est plus petit qu'Antoine. Il doit être en première année à l'École de charme. Il danse de manière un peu guindée tout en comptant les pas. Mais peu importe! Cendrillon s'amuse tellement!

Sébastien ne danse qu'une fois avec elle, car un autre garçon les interrompt, puis un autre et encore un autre. Cendrillon est heureuse de porter des chaussures confortables. Si ses pieds avaient été chaussés de verre, ils n'auraient jamais survécu à toutes ces danses!

Cendrillon et son partenaire (un beau garçon frisé qui se nomme Ian) tournoient sur le plancher de marbre rose. Ils semblent seuls dans leur bulle. Plusieurs autres danseurs, qui se sont arrêtés pour les regarder, murmurent et hochent la tête d'un air approbateur. Cendrillon ne se souvient pas d'avoir attiré autant l'attention! Scrutant la foule, elle se demande si ses demi-sœurs ne sont pas en train de la regarder. Javotte et Anastasie sont assez méchantes pour gâcher ce beau moment. Mais avec un sourire malicieux, Cendrillon bannit cette pensée. Elle espère bien que ses demi-sœurs la regardent! Elles seront probablement trop stupéfaites pour faire quoi que ce soit.

Cendrillon est en train de se dire qu'elle aurait bien besoin d'une pause, quand Raiponce lui tapote l'épaule.

— Viens vite, chuchote-t-elle d'un air affolé. C'est au sujet de tes demi-sœurs!

— Je vous prie de m'excuser, dit Cendrillon à son partenaire. On me demande.

Le prince s'incline, l'air déçu :

— Mais bien sûr.

— Ces horribles filles sont en train de remplir la boîte de scrutin! dit Raiponce en conduisant Cendrillon vers la scène.

En effet, Javotte monte la garde devant la boîte et, derrière elle, Anastasie glisse des parchemins dans la fente.

— Dépêche-toi! dit sèchement Javotte à sa sœur. Nous n'avons pas toute la nuit!

— Je viens de commencer! proteste Anastasie. Ce n'est pas facile de mettre tous ces parchemins là-dedans! Ma robe est si serrée que je peux à peine lever les bras!

Cendrillon sait qu'elle sera dans le pétrin si ses demi-sœurs la voient, mais elle se lance en avant sans s'en soucier. Elle est enhardie par sa belle toilette et ses amies. Personne ne peut lui dire qu'elle n'est pas à sa place à l'École des princesses, et surtout pas ses horribles demi-sœurs! Il est temps de mettre un terme à leur malveillance. Elle ne leur permettra pas de truquer le résultat du vote pour la Princesse du bal!

— Qu'est-ce que vous trafiquez? demande-t-elle en se plantant devant Javotte.

Elle jette un coup d'œil au corsage trop serré de sa demi-sœur et réprime un sourire. Javotte ressemble à une saucisse!

— Toi? dit Javotte d'un ton qu'elle veut sarcastique, mais qui trahit son étonnement.

Elle plisse les yeux, puis les écarquille en regardant

123

Cendrillon de la tête aux pieds. Même la méchante Javotte ne peut pas cacher son admiration.

— Que fais-tu ici? demande Anastasie d'une voix essoufflée.

Elle aussi semble fascinée par la magnifique robe de Cendrillon.

— Je danse, bien entendu, répond Cendrillon en la regardant dans les yeux.

— Peu importe, dit Raiponce. Vous, que faites-vous avec cette boîte de scrutin?

— Ah oui, la boîte de scrutin! s'exclame Dame Bathilde, la directrice, en s'approchant des jeunes filles.

Les jupes de soie de la directrice bruissent à chacun de ses pas. Sur son passage, tout le monde se tait et s'écarte avec déférence. Sa silhouette svelte semble flotter au-dessus du sol, la faisant paraître plus grande qu'elle ne l'est en réalité. Son visage ne laisse pas deviner son âge.

Dame Bathilde pose son regard gris sur la boîte de scrutin.

— Il faut reconnaître qu'elle est très décorée, déclare-t-elle.

Mme Taffetas, qui accompagne la directrice, observe attentivement Javotte et Anastasie.

Cendrillon ne sait pas si la remarque de la directrice est un compliment, mais elle croit discerner un drôle de sourire sur le visage de Mme Taffetas.

— C'est le moment de compter les votes, dit Dame Bathilde.

— Oh, bien entendu, dit Javotte d'une voix mielleuse et haut perchée en s'écartant de la boîte.

— Nous étions en train de la surveiller pour vous, ajoute Anastasie. Pour que personne ne puisse trafiquer les votes.

Elle laisse échapper une bouffée d'air et porte la main à son ventre.

— Ouais, ouais, dit Raiponce en fixant les deux sœurs d'un regard furieux.

— Vous sentez-vous bien, Anastasie? demande Mme Taffetas. Vous avez le teint… bleu.

Elle observe les robes des deux sœurs d'un air soupçonneux. Cendrillon a un pincement au cœur.

— Très bien, répond Anastasie.

Sa voix a presque retrouvé un timbre normal, mais elle tripote toujours sa robe dorée.

— Oui, dit Javotte d'une voix rauque. Nous allions justement chercher quelque chose à manger.

Pendant que ses demi-sœurs s'éloignent en boitillant, Cendrillon réprime un fou rire. Si ces deux-là mangent la moindre bouchée, elles vont faire éclater les coutures de leurs robes!

— Viens, dit Raiponce. Allons vite retrouver Rose et Blanche.

Déçue, Cendrillon se laisse entraîner loin de la boîte de scrutin. Elle aurait voulu raconter à la directrice et à Mme Taffetas ce que ses demi-sœurs manigançaient. Mais même si leurs gestes étaient suspects, elle n'a aucune preuve. De plus, pourquoi la directrice croirait-elle deux jeunes Chemises? Si les enseignantes ne faisaient pas confiance à Javotte et à Anastasie, elles ne les auraient pas laissées décorer la boîte!

Cendrillon se demande quoi faire en traversant la salle avec Raiponce. Soudain, elle remarque que beaucoup d'yeux sont tournés vers elle.

— Qu'est-ce qu'ils ont tous à me regarder? chuchote-t-elle.

— Ils admirent la plus belle fille du bal! dit Raiponce en souriant.

Cendrillon pense que son amie fait des blagues et lui donne un petit coup de coude. Elles rejoignent Rose et Blanche, qui sont assises avec Stéphane en bordure de la piste de danse. La tête de Rose penche dangereusement vers l'assiette de nourriture qu'elle tient à la main. Un peu plus et son visage va tomber dans le pâté à la viande.

— Donne-moi ça, dit Raiponce en s'empressant de lui enlever l'assiette. J'ai besoin de noyer mon chagrin à cause de notre défaite.

— Vas-y, sers-toi, réplique Rose d'une voix endormie.

— Quelle défaite? demande Stéphane.

— Nous croyons que les méchantes demi-sœurs de Cendrillon essayaient de truquer les votes. Nous les avons surprises en train de remplir la boîte de bulletins de vote.

— Comment sais-tu que ce ne sont pas de vrais bulletins de vote? demande Blanche.

— Parce qu'il s'agit d'Anastasie et de Javotte, voyons, dit Raiponce.

— Exactement, dit Cendrillon.

La jeune fille soupire. Parfois, elle souhaiterait être confiante comme Blanche, et ne voir que le beau côté des gens. Mais le fait de vivre avec sa belle-mère et ses demi-sœurs a rendu cela impossible.

— Pardonnez-moi, dit un prince en s'approchant du groupe. Voulez-vous danser? demande-t-il en se plantant devant Cendrillon et en baissant les yeux d'un air timide.

— Non, merci, répond gentiment Cendrillon. Je voudrais passer un peu de temps avec mes amis.

Le garçon est tout déconfit.

— Mais j'aimerais bien danser plus tard, ajoute Cendrillon.

Le jeune prince lève les yeux, un sourire ravi aux lèvres.

— D'accord! dit-il d'une voix enthousiaste avant de s'éloigner en sautillant.

— Je crois que tu as ensorcelé tous les garçons, Cendrillon, la taquine Stéphane. En fait, tout le monde te regarde.

Cendrillon rougit.

— C'est à cause de la robe de Rose, des talents de coiffeuse de Raiponce et des chaussures de Blanche, dit-elle avec modestie.

— Mais non! réplique Blanche. Les farfadets ont fabriqué ces chaussures pour toi. Tu dois les garder!

Cendrillon la serre dans ses bras. Elle n'a presque jamais eu de nouveaux vêtements. Et jamais rien d'aussi beau que ces chaussures de suède.

— Merci! s'écrie-t-elle.

— Et je te ferai remarquer que ce n'est pas à cause de la robe, des souliers ou de tes cheveux, dit Raiponce. C'est à cause de toi, Cendrillon. Tu es éblouissante!

— Chers princes et princesses! lance la voix forte de Dame Bathilde. Veuillez vous approcher. Il est temps de couronner la Princesse du bal!

— Venez! lance Blanche d'une voix excitée.

Les filles et Stéphane aident Rose à se lever, puis se dirigent vers la scène. Cendrillon aperçoit Javotte et Anastasie à l'avant, qui essaient d'ajuster leurs corsages.

Dame Bathilde, qui se tient très droite et brandit une couronne dorée scintillante, frappe le sol du sceptre de l'école. Sa simple présence suffit à imposer le silence. Puis elle déroule lentement le parchemin enluminé qui porte le nom de la gagnante.

— Cette année, la Princesse du bal est…

— Écartez-vous! fait une voix rauque.

Cendrillon la reconnaît : c'est Javotte.

— Cette couronne est à moi! siffle Anastasie.

Il y a une bousculade quand les deux sœurs tentent d'attraper la couronne et manquent de renverser la directrice. Puis Javotte trébuche sur l'ourlet de sa robe et tombe par terre, entraînant Anastasie avec elle.

Dame Bathilde continue comme si rien ne s'était passé. Elle regarde la foule et annonce en souriant le nom de la gagnante :

— …Cendrillon Lebrun!

Chapitre Dix-neuf

Une vraie princesse

En entendant son nom, Cendrillon est tellement stupéfaite qu'elle reste figée sur place. À ses côtés, ses amis poussent des cris de joie.

— C'est toi! C'est toi! crie Blanche en battant des mains.

Rose serre Cendrillon dans ses bras.

— Tu le mérites bien, dit-elle en bâillant.

— Il faut que tu montes sur la scène, dit Raiponce en la poussant en avant. Ton diadème t'attend.

— Non ! hurle Anastasie.

À quatre pattes sur la scène, elle tente d'arracher le diadème des mains de Dame Bathilde.

— La couronne m'appartient! crie Javotte.

Un prince, qui en est à sa dernière année à l'École de charme et qui se trouve là, à l'avant, remet les deux sœurs debout sans ménagement.

— La couronne n'est à aucune de vous, dit-il d'un air dégoûté. Elle est à Cendrillon.

— Mais elle... elle... bredouille Javotte.

— Elle est la Princesse du bal, l'interrompt le prince d'un ton catégorique.

Plusieurs princesses commencent à se moquer de Javotte et d'Anastasie, qui sont restées bouche bée en entendant le prince. Les rires reprennent de plus belle quand les deux sœurs s'enfuient furtivement. En boitant et en soufflant, elles quittent la salle de bal et se dirigent vers leur carrosse.

Cendrillon les regarde partir en se disant qu'elle sera vraiment dans le pétrin en rentrant à la maison. Mais, chassant ces pensées, elle monte sur la scène.

Dame Bathilde sourit majestueusement en plaçant le diadème sur la tête de Cendrillon. Puis elle met ses mains sur les épaules de la jeune fille et la fait pivoter lentement jusqu'à qu'elle se retrouve face à la foule. La salle éclate en applaudissements et en acclamations. Cendrillon regarde ses amis et ses camarades de classe, et a l'impression d'être une vraie princesse.

Une fois la cérémonie du couronnement terminée, de nombreux princes veulent danser avec Cendrillon. Mais après avoir dansé avec le garçon à qui elle avait promis de le faire, elle refuse toutes les autres danses. Elle veut partager ce moment avec ses amis.

— Est-ce que tu pourras le garder? demande Blanche en touchant le diadème du bout du doigt.

— Je ne crois pas, dit Cendrillon. L'école en aura besoin pour le bal de l'an prochain. Mais c'est merveilleux de pouvoir le porter.

Soudain, la musique s'interrompt. Une femme à l'allure

royale, vêtue d'une longue cape et d'une robe noires, monte sur la scène.

— Qui est cette femme? demande Raiponce, les yeux écarquillés.

— C'est Malodora, chuchote Stéphane. La directrice de l'école Grimm. Une femme qu'on a intérêt à ne pas embêter…

Cendrillon frissonne. La simple vue de cette femme suffirait à effrayer n'importe qui. À côté d'elle, même Kastrid a l'air inoffensive! Cendrillon jette un regard à ses amis pour voir leur réaction. Rose a l'air endormie, comme toujours. Raiponce semble sur ses gardes. Mais Blanche a le teint trois fois plus blême que d'habitude.

— Blanche! s'exclame Cendrillon en lui prenant le bras. Qu'est-ce que tu as?

Blanche lui serre la main sans quitter la scène des yeux.

— C'est ma belle-mère, chuchote-t-elle, terrifiée.

Agitant la main de manière dramatique, Malodora déclare d'une voix retentissante :

— Dans un mois auront lieu les Jeux annuels des jeunes filles, organisés par l'école Grimm et l'École des princesses. Tout le monde doit participer, et Dame Bathilde et moi-même superviserons les compétitions. L'école gagnante remportera le Ballon doré tant convoité.

— Ça alors! souffle Cendrillon.

— Des compétitions! s'écrie Raiponce en bondissant de joie. J'adore ça!

Au même instant, Rose s'écroule lourdement sur Stéphane, complètement endormie.

— Oh non! gémit Blanche, les yeux remplis de terreur.

— Ne t'en fais pas, Blanche, dit Cendrillon d'un ton réconfortant. Nous allons t'aider, peu importe ce qui arrivera.

— C'est promis, dit Raiponce en se rapprochant à son tour.

Blanche sourit, mais Cendrillon voit bien qu'elle est encore effrayée. Elle la comprend. Malodora est de toute évidence une force redoutable. Et Cendrillon sait ce que c'est que d'avoir une méchante belle-mère.

— Nous devrions peut-être conduire Rose dans un coin pour qu'elle s'étende, propose Raiponce.

— Oh, ça va, dit Stéphane, bien qu'il soit fatigué de soutenir la jeune princesse.

Il l'a fait presque toute la soirée! Dans un élan chevaleresque, il se penche, porte la main de Rose à ses lèvres et y dépose un baiser.

Aussitôt que les lèvres du jeune homme effleurent sa main, Rose s'assoit toute droite, les yeux grands ouverts.

— Qu'est-ce qui se passe? demande-t-elle en jetant un regard autour d'elle. Est-ce que j'ai manqué quelque chose?

Ses amies éclatent de rire, Blanche y compris. Elles racontent à Rose les événements de la soirée.

— Cendrillon est la Princesse du bal! s'exclame Blanche.

— Et Javotte et Anastasie ont été la risée de tout le monde, ajoute Raiponce en riant.

— Ça alors! dit Rose. Et moi qui pensais que ce n'était qu'un rêve!

— Non, c'était bien vrai, dit Cendrillon. Stéphane t'a soutenue toute la soirée. Et quand il t'a baisé la main, tu... t'es réveillée.

Rose lève les yeux vers Stéphane.

— Merci, dit-elle.

— Je t'en p-p-prie, balbutie Stéphane en rougissant.

Quand le bal prend fin, il est très tard.

— Qui veut monter dans mon carrosse? demande Rose. Il y a beaucoup de place!

— Moi! crient ses amies en chœur.

Au moment où les jeunes filles quittent la salle de bal, Mme Taffetas s'approche de Cendrillon.

— Je n'ai pas pu m'empêcher de remarquer les coutures inhabituelles des robes de vos demi-sœurs, dit-elle d'un ton plein de sous-entendus.

Cendrillon la regarde d'un air inquiet. Elle était certaine de se faire punir ce soir, mais pas par une enseignante!

Mme Taffetas s'incline vers elle et poursuit, les yeux brillants :

— Je constate que vous faites beaucoup de couture à la maison, et de manière, comment dirais-je... plutôt créative! Et vos demi-sœurs semblent exiger beaucoup de vigilance...

Cendrillon hoche la tête, trop surprise pour répondre. Se pourrait-il que son enseignante prenne sa défense?

— Dans ces circonstances, je crois qu'il serait tout à fait juste de vous exempter des devoirs de couture pour un certain temps.

Pour la deuxième fois de la soirée, Cendrillon ne peut pas en croire ses oreilles. Mais un seul regard au visage souriant de Mme Taffetas suffit à lui confirmer que l'enseignante est sérieuse.

— Oh, merci! s'exclame Cendrillon en serrant spontanément l'enseignante dans ses bras.

Puis la jeune fille se hâte de rejoindre ses amies pour leur apprendre la nouvelle.

Le petit groupe se dirige en riant vers les carrosses qui attendent. Les pages sont toujours alignés de chaque côté des marches et du pont-levis, mais beaucoup sont tombés endormis.

Stéphane escorte les jeunes filles jusqu'au carrosse de Rose.

— C'est ici que je dois vous dire bonsoir, déclare-t-il en faisant une révérence. Ma monture m'attend.

Les quatre filles montent dans le carrosse.

— À demain, Stéphane! lance Raiponce.

Stéphane fait un signe de la main pendant que le carrosse s'éloigne. À l'intérieur, Cendrillon se cale dans le luxueux siège grenat et regarde ses amies. Il y a à peine deux semaines, elle ne se sentait pas à sa place à l'École des princesses. Mais à présent, elle s'y sent vraiment chez elle. Elle est convaincue que, grâce à l'appui de ses amies, son avenir à l'École des princesses sera aussi éclatant que le diadème qui scintille sur sa tête.

L'École des princesses

Miroir... Miroir...?

Jane B. Mason et Sarah Hines Stephens

Les Jeux des Jeunes Filles approchent à grands pas
et Blanche Neige est paralysée par la frayeur.
Son horrible belle-mère, Malodora, fait partie
du jury de l'école Grimm. Blanche tremble
à l'idée d'affronter le regard glacial de Malodora.
Si la jeune fille prend part aux compétitions,
quelque chose de terrible se produira,
elle en est convaincue!
Mais si elle ne participe pas, elle laissera
tomber l'École des princesses, sans parler de ses
meilleures amies, Cendrillon, Raiponce et Rose.
Et Blanche a besoin d'elles plus que jamais.
Les quatre princesses seront-elles de taille
à lutter contre une puissante sorcière
comme Malodora?